我在私立学校的第一年

[美] 杰里·克拉夫特 / 著绘
佟画 / 译

中信出版集团 | 北京

图书在版编目（CIP）数据

我在私立学校的第一年 /（美）杰里·克拉夫特著绘；佟画译．—北京：中信出版社，2021.10（2025.5重印）

书名原文：New Kid

ISBN 978-7-5217-3230-6

Ⅰ．①我… Ⅱ．①杰… ②佟… Ⅲ．①儿童小说—长篇小说—美国—现代 Ⅳ．①I712.84

中国版本图书馆CIP数据核字（2021）第119991号

我在私立学校的第一年

著 绘 者：［美］杰里·克拉夫特
译　　者：佟画
出版发行：中信出版集团股份有限公司
（北京市朝阳区东三环北路27号嘉铭中心　邮编　100020）
承 印 者：北京尚唐印刷包装有限公司

开　　本：710mm×1000mm　1/16　　印　　张：16　　字　　数：230千字
版　　次：2021年10月第1版　　印　　次：2025年5月第5次印刷
京权图字：01-2021-5266
书　　号：ISBN 978-7-5217-3230-6
定　　价：45.00元

出　　品：中信儿童书店　　图书策划：红披风
策划编辑：李欢欢　　责任编辑：王琳
营销编辑：张旖旎　易晓倩　李鑫橦
装帧设计：颂煜文化　　封面设计：棱角视觉 ANGULAR VISION

献给我们中的每一个乔丹·班克斯

你能想象出不背降落伞从高空坠落的感觉吗？我生命中的每一天都会体验到这种感觉。

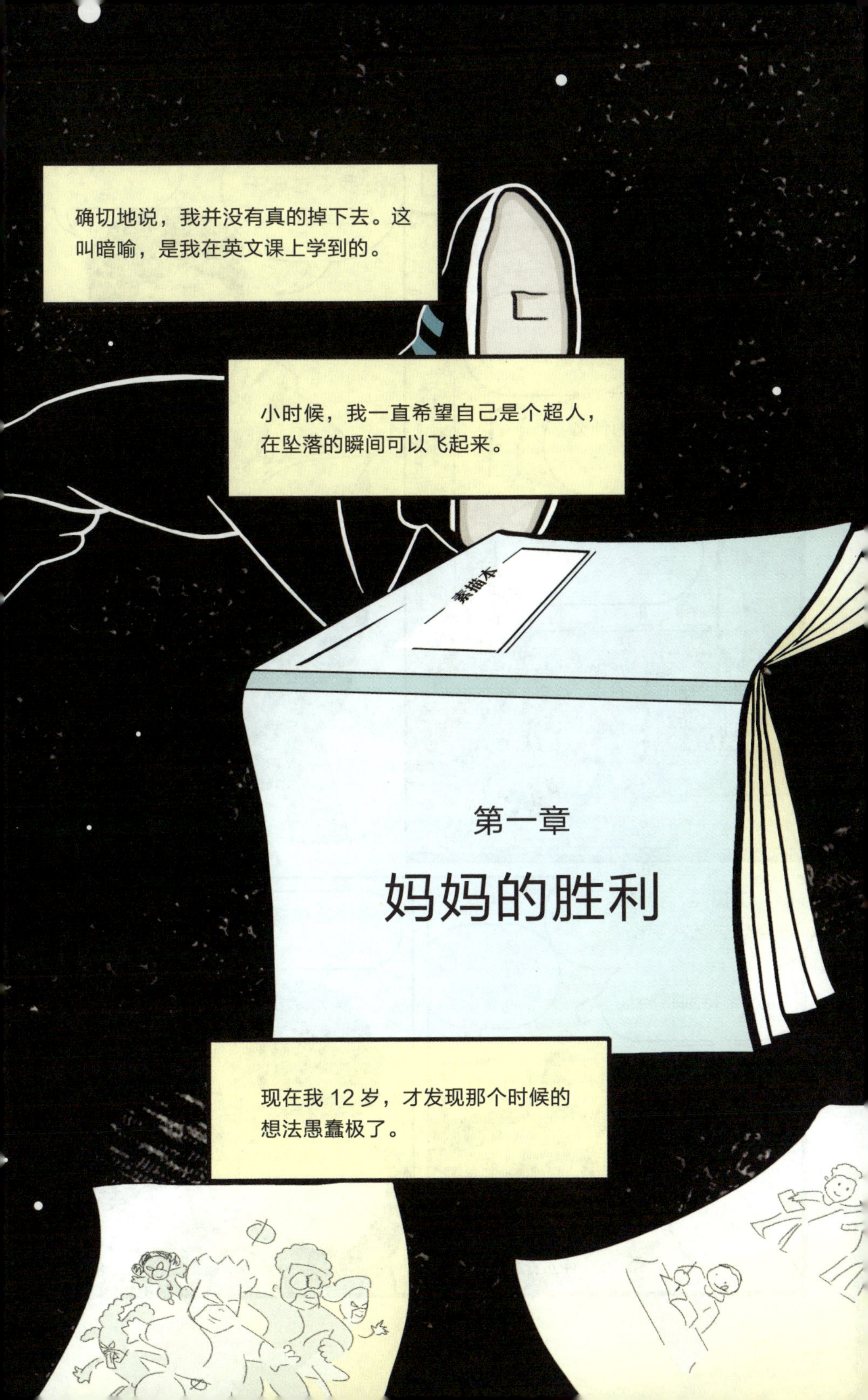
确切地说，我并没有真的掉下去。这叫暗喻，是我在英文课上学到的。
小时候，我一直希望自己是个超人，在坠落的瞬间可以飞起来。
素描本
第一章
妈妈的胜利
现在我 12 岁，才发现那个时候的想法愚蠢极了。

当初我应该期望自己是个蝙蝠侠！当你有一架喷气式飞机时，就不用自己飞了。
乔丹，你在听我说话吗？
这地方太棒了！为什么你就是感受不到呢？
亲爱的，认真看看这个网站！
妈妈，你已经让我看过成千上万遍了。
是的，好极了。
素描本
啊，宝贝儿，我知道你非常想去艺术学校。
可是你特别聪明！
乔丹，你的确很聪明。
你觉得呢，查克？
去读艺校多浪费呀。
这是全美最好的学校之一，
看起来和哈佛差不多。
是不是呀，查克？

对，是挺不错的……但是，爱丽丝，它看上去似乎缺少一点……多样性。
拉弗德尔私立走读中学
那有什么用?
我就是说说。
那里有五种语言课，有大学预修课，有哈克尼斯式教学法，有长曲棍球，有专业团队。
专业团队是什么?
哈克尼斯式教学法是什么?
我也不知道，不过听上去就很酷。
真是太激动人心了，我要把相机找出来。
我能看看你在画什么吗?
啊，你不会喜欢的。
开什么玩笑，我可是你最忠实的粉丝。
嗯……好吧，爸爸。

重返
历史
无聊
艾伦
工

校园！
乔丹·班克斯

* 美国中学的管理包括“新生向导”模式，即由该校学生作为新生的向导，帮助他们熟悉校园。——译者注（后文页下注如无特殊说明均为译者注）

叮咚
哎呀！
走吧，儿子，
我送你下楼。
他们到了！过来给
妈妈一个拥抱。
祝你第一天
入学开心！
再见，
宝贝儿。
爸爸，“向
导”是做什
么的来着？
他们负责带
所有新生参
观校园。
那个……
你还好吗？
但愿吧。
别让任何人用高
高在上的语气跟
你说话。
记得跟他爸爸握
手时，用力握紧，
要跟他对视。

老爸的小妙招：如何成为男子汉！
“握手”
握手是世界上最重要的礼节之一。
第一：就算你是个左撇子，跟人握手也只能使用右手。
第二：始终看着对方的眼睛。
为什么？
我不知道，没有人知道！只能告诉你怎么做。
友善的手
凶恶的手
第三：记住，你握得越用力，对方就越尊敬你。
呼——
嗯……
你被录取了！
不好
不错
非常好

* 形容握手时非常不情愿。

乔丹•班克斯

在车里待着，
利亚姆。
把车门锁好！
你就是乔
丹吧……
我是兰德斯，
利亚姆的爸爸。
重点 1
重点 2
很高兴见到您，
兰德斯先生。
盯住！
查克 · 班
克斯。
比尔 · 兰
德斯。
很高兴……
啊啊啊……
咔咔咔！

快去和利亚姆打个招呼吧，
他都等不及要见你了。
哦，好的。
带钥匙了吗，乔丹？
带着呢，爸爸。
钱包？
带了。
电话？
嗯嗯。
早，玛茜。
早上好，乔丹。
社区监督员
拉德人
拉德人
你好，利亚姆，我是乔……

* 乔丹的爸爸在所住社区工作，空闲时会指导社区里的孩子打篮球，因此被孩子们称作“教练”。

呼！

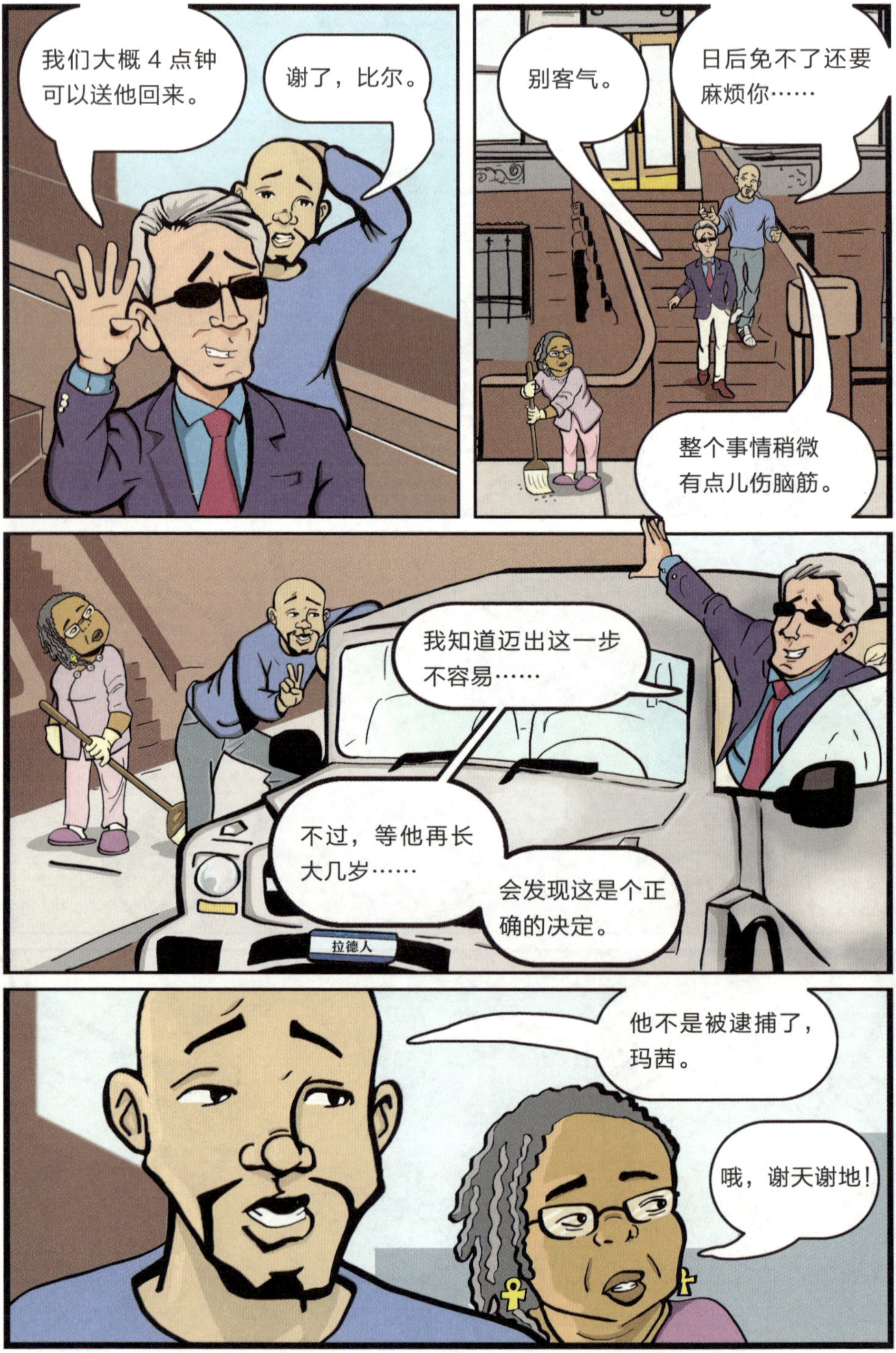
我们大概 4 点钟
可以送他回来。
谢了，比尔。
别客气。
日后免不了还要
麻烦你……
整个事情稍微
有点儿伤脑筋。
我知道迈出这一步
不容易……
不过，等他再长
大几岁……
会发现这是个正
确的决定。
拉德人
他不是被逮捕了，
玛茜。
哦，谢天谢地！

系好安全带，
孩子们。

再见，宝贝——！
妈妈！

*位于美国纽约曼哈顿市中心附近的社区，居民大多是外来移民及其后裔，主要是拉丁裔。主人公乔丹也住在这里。

第二章

开学第一天

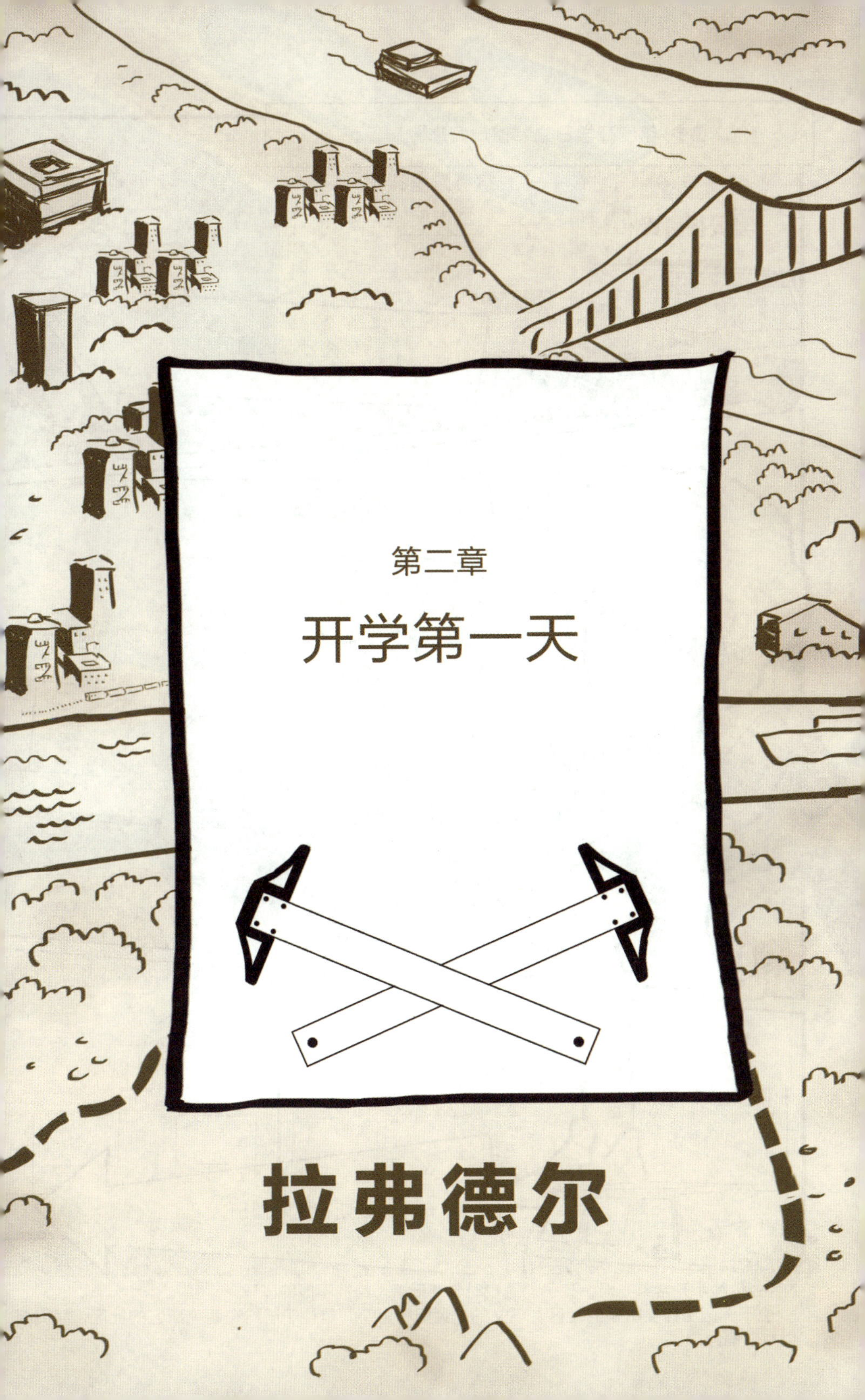

* 夸张地喻示开学第一天，孩子们返校时心情低落、精神不振的样子。

** 位于美国纽约曼哈顿的社区，下文的“金斯布里奇”是位于纽约布朗克斯区的社区，居民都以拉丁裔为主。

伊格莱西亚
米希尔
便利店
维拉斯餐厅
乐队演奏
彩票
彩票
之家
凯夫的爱尔兰
布里托的
有机食品店
特丽莎旅行
遇见另一个自己
美妆馆
克雷恩
居尔工作室
维特尔的
果蔬店
安·凯利的
灵魂烧烤

我们到了，这就是拉弗德尔私立走读中学……
不过，我在这儿上学的时候，大家就已经习惯把这儿叫作“拉德”（RAD）。
您以前在这儿上学？
是呀。我父亲以前也在这儿上学！还有利亚姆的姐姐克莉丝汀、他的弟弟格雷森。接你之前，我已经把他们都送到学校了。
哇！
醒醒了，小懒虫。我要直接去机场。
别忘了向你的朋友们介绍乔丹。
（睡眼惺忪）好的，爸爸。
我的天哪！

皮埃尔先生会来接你们放学。
妈妈负责接弟弟和姐姐。
拉弗德尔
皮埃尔先生是谁?
嗯……就是我们家的一个朋友。
快点走吧，我们可不能迟到。
RAD

真不敢相信你爸爸和你爷爷以前都在这儿上学……
你们这么喜欢这地方啊？
好吧，事实是我根本没有什么选择。
利亚姆，我想是这样的吧。

哇！

哇！

我！
哇哇哇哇哇！

老兄，来这里上学可不是闹着玩的！

你们真喜欢
穿粉色呀。
几乎所有人都是在
同一家店里买的。
对了，那个是西
蒙，没穿粉色。
看着真像
从玩具工厂的一
条流水线上出
来的……
玩偶！
校园流行色——粉色

那是谁?
哦，他是莫里。
他从幼儿园开始就在这里上学了。
和我一样。

他就住在我家附近，还有那个……
啊……
怎么了?
德安德鲁和他的小伙伴温斯顿、埃里克!
他们是高中二年级学生，是真正的小混混。

坎肩不错呀，
莫里–奥！
莫里–奥，
最近可好呀？
哟，
你看起来很像
黑帮啊！
欢迎来到初中部！
你妈妈已经允许你穿
大孩子的衣服啦？
为什么他们叫
他莫里–奥？
我听说是因为和
“奥利奥”谐音，但
我还是不明白到底
什么意思。
噢……
我明白了……
真叫人难过。
里面是白色。
外面是黑色。

不过别担心，乔丹，这里大部分人还是不错的。
让我看看你的日程表。
你好吗，利亚姆？
这是谁呀？
是你弟弟格雷森的好朋友吗？
不，这是乔丹，他读初一。
和我们一样。
你读初中一年级?!
哇，娇丹，你真娇小呀!!
是乔丹！
我叫安迪，安迪·彼得森。
你玩什么运动，娇丹？
你是什么样的人呢？

啊？
算了，不说了……嘿，我快要成校橄榄球队的首发四分卫了……
所以，我认识拉德的每一个人！……
来吧，让我给你讲讲我们年级学生的独家新闻。
首先说说艾希莉和鲁比，两个爱嚼舌根的女孩！所以，离远点！
动漫迷……
离远点！
爱炫耀的！
离远点！
电脑发烧友。
离远点！
呆若木鸡的……
离远点！
别的新生……
离远点！
还有，你肯定希望远离这里的书呆子大王。
所以，就剩下我了！

随便你怎么说，安迪。
嘿，乔丹，我们俩在罗尔老师的教室集合。
哇哦！我也是！
你还有加纳老师的初级代数课，你会喜欢他的。
太好了！为什么这么说？
因为他……他……那个……你慢慢就知道了。
叮铃铃铃铃铃铃铃!!!
铃响了，快走吧，利亚姆、娇丹。
乔丹！
科林！最近好吗，哥们儿？
不错，安迪！你怎么样？
各位同学早上好，请到自己的位置坐下，我是罗尔老师。

早上好。
早上好，请进。
欢迎。
你的名字是?
老师，我叫安迪·德鲁·埃利斯。
哦！抱歉，兄弟！这名字已经有人用了！
我用了！
好吧，我们有两位重名的同学。
没关系，大家可以叫我德鲁。

* 美国纽约五个行政区之一，居民以非裔和拉丁裔为主，曾是纽约有名的贫民区，现在这里还有许多人生活在贫困中。

* 美国纽约传统的富人住宅区，毗邻中央公园，紧挨曼哈顿繁华的商业区。

好吧，开始了……
我的第一节课……
我万分期待这一天……
下课了！
叮铃铃铃铃铃铃铃！！！
第一次集合，你还算顺利。
接下来你要上什么课？
嗯……加纳老师的初级代数课。
安迪说我会喜欢他的。

需要我告诉你怎么去那间教室吗?
不用啦，我可以在校园地图上找到。
多谢啦。
布告栏
午餐时我帮你占个座位。
好!
好的，现在要去皮尔斯楼。
下楼梯，
然后拐弯，
上楼梯，
再穿过大门。
小蝌蚪加油!

我不认为这是
摩根图书馆。
也不是韦尔
斯辅楼。
也不是理查森
科学实验室。
也不是凯丽舍
摄影中心！
这就是我的开学第一天……
感到迷茫……
感到孤独……
感到既迷茫
又孤独。
午餐前一直被这
两种感觉包围。

第三章

吃午餐的烦恼：拒绝嘲笑！

素描本

哇！你画得真好！
你是乔丹吧？我叫亚历克斯，我们在集合教室见过。
我能看看你的画吗？
你好，亚历克斯，嗯……可以的。
嘿，乔丹，这是雷蒙。
你好，乔丹，欢迎来到拉德。
谢谢你，雷蒙。
抱歉打扰你们了，“不合群男孩组合”……
这个桌子是属于高中二年级的！
是的，不属于初中一年级的失败者！
很显然，这里连座位都是有安排的。
RAD

* 美国的教育体系中，小学通常是六年，中学也是六年，其中初中两年，高中四年。

高中四年级的运动员（狮子）坐在窗边凉爽区。
拉德
坐在“狮子”那一桌边上的是参加戏剧社团的高中四年级学生。
高中四年级的书呆子们（虫子）坐在砖墙边。
然后是我们这样的初中学生（脚指甲真菌），坐在通风良好的门口，旁边是垃圾桶。
风
垃圾桶
乔丹·班克斯

▶▶初中一年级失败者餐桌
你好，雷蒙。
嘿，亚历克斯。
怎么样，娇丹？
嘿，利亚姆！
这是科林。我们参加了同一个棒球训练营。
这家伙是头野兽！
嘿！
你好，科林。
啊……你们难道不喜欢炸玉米饼吗？
好吧，也许你并不喜欢，是吧，雷蒙……
我猜你妈妈做的要好吃多了。
（叹气）

乔丹，你之前读的是哪所学校？
我之前在因伍德的圣哈威尔上学。
那是一个很小的学校。
我们整个年级只有 25 个学生。
坐在这里是不是一直要忍受被风吹？
你们能相信娇丹个头这么娇小吗？
不敢相信他已经 13 岁了！
我才 12 岁！
不管怎样，乔丹，你对图像小说感兴趣吗，比如《护身符》？
说真的，你说的这些我不太了解。
▶▶ 午餐还不错。利亚姆、亚历克斯和雷蒙都挺好，科林也不算坏，但我实在忍受不了安迪。
牛奶

我怎么去下一间教室呢?
很简单。出了这个门……
穿过小广场……
再经过费赖曼音乐中心。
RA
R

小蝌蚪加油！
啊，总算找到了！

终于到下午三点钟了！
你们好呀，孩子们，第一天上学怎么样？
非常好，如果我不迷路的话。
乔丹，这就是皮埃尔先生。
对了，今天早上的事，很抱歉。
没关系的。
我实在不是个能早起的人，
再加上家里的状况不断。
没事的，利亚姆，
真的。
你觉得拉德怎么样？
有点让我喘不过气。
呃……你玩游戏机吗？
当然！我可以跟你一起玩我正在玩的游戏。
那个叫安迪的男孩总是这样吗？
不，更多的时候他比今天更坏。
好了，我们到了。
哇，可真快。

马克斯·邦德路

嗨，乔丹。
嗨，柯克！
听你爸爸说你差不多这个时候回家。
最近怎么样呀？
正在为新学校的事烦恼。
我猜到了。我知道那个……
咦？
回头再找你，乔丹。
好的，再见。
那是谁呀？
嗯……住在同一个街区的朋友。

嗨，爸爸！
嗨，乔丹！过来坐。
你为什么打领带？
你平时从不打领带呀。
呃……不为什么。
你想知道我这一天过得怎么样吗？
当然……我的意思是，如果你愿意分享的话，我当然想听。
这所学校规模很大！光我们年级就有100多个学生。我以前的
学校全年级只有25个学生。
那么，那个……你知道的……
你想问，是不是有各种族裔的学生？倒没有那么多元，不过比我们想得要好。
每个年级都有几个和我们一样的。

看这情形还不算糟糕。
他们对你怎么样？
非常好。不过我现在饿了，
我们可以边吃边聊。
可惜爷爷不在，他超级爱吃中国菜。
是的，我也很想念他。
左宗棠鸡还是黑胡椒牛排？
嗯……
来吧，给你左宗棠鸡。现在可以开始讲了。
谢谢，爸爸。那个……去学校的路上非常安静，利亚姆没怎么说话。

然后，放学后他让我搭
他们家的车，把我送了
回来。说完了！
哦……嘿，你刚
刚在门外看见柯
克了吗？
他按门铃时你
还没到家呢。
看到了，他坐
在台阶上。
但是我刚刚和利亚
姆在一起，所以气
氛有点奇怪。
怎么会呢？
我也不知道，就是
这样的。
唉……

那么你对学校的总体印象怎么样？你觉得你会喜欢那里吗？
我真的不知道，爸爸。我现在的感觉是什么问题都回答不上来。
我感觉到了，儿子。这么说吧，你现在就是要试一试……
如果你上高中了还是现在这种感觉……
我会说服你妈妈让你去念艺术学校的。
真的吗，爸爸？
真的，乔丹。
谢谢！

第四章

新同学……
尴尬……

早上好，妈妈。
早上好，爸爸。
早上好，我的小心肝小可爱……
我的宝贝儿准备好开始他的第二周校园生活了吗？
他现在已经12岁了！
好吧，但是他永远是我的宝贝。
太帅了。
今天也要开心呀，儿子。
谢谢，晚上见。
再见，亲爱的。
钥匙带了吗？
带了，爸爸。
钱包？
带了，爸爸。
电话？
带了，爸爸。

我是蝙蝠侠！
怪人！
早，诺斯先生，诺斯太太。
早，乔丹。
公交站
M100

乔丹的乘车小贴士

坐车上学途中，要适应周围的人可太不容易了！
我必须像个变色龙一样。
举个例子，在华盛顿高地，
我试着让自己显得很强悍。
$
因伍德有点不同，我可以摘下兜帽。
没有人会在大清早微笑，所以我也
绝不会露出一丝笑容！
咖啡
$
所有公立学校的孩子会在金斯布里奇下车，
这时候我就可以摘下墨镜，甚至还可以画画！
咖啡
$

哎哟！等我到学校的时候，已经筋疲力尽！

嗨，“其他人坐公交我坐豪车上学”先生。
这不是什么豪车，好吗？
对不起，哥们儿，我开玩笑的。
拉弗德尔
乔丹，我妈妈总是在我爸爸出门的时候表现得很焦虑。
你爸爸也经常出门吗？
没有，他管理我们家周围的社区中心。
所以他基本都在家附近。
你真幸运。
我爸爸总是要出差或者和他生意上的伙伴去打高尔夫……
有时还要去外地边打高尔夫边谈生意。

同学们，早上好。在接下来的几周里，你们每一个都要尝试去参加一项集体性运动，或者参加这学期的乔治·华盛顿音乐节。
我们还会组织家长会，还有几个周末的短途旅行供大家选择……
提醒一下，短途旅行是需要额外付费的……
如果有同学申请了……
助学金……
学校会资助一部分费用。

还有没有什么问题，特别是你们这几个新来的同学？
德安德鲁？乔丹？亚历山德拉？
我的名字是德鲁。
抱歉，德鲁。德安德鲁是我之前的学生，他真的很难管教。
叮铃铃铃铃铃铃铃！！！
真不敢相信老师叫他德安德鲁。
昨天还有几个学生叫我莫里。
真糟糕。快点过来，我告诉你下一间教室怎么走。
谢谢，我可不想再迷路了——每次都走到橄榄球场上去。

你好，乔丹，一切都顺利吗？
你好，加纳老师。
一切都非常好，除了我仍然会迷路。
我之前的学校只有一个教学楼。
找不到教室确实让人泄气。现在能融入大家了吗？
还不错，但是他们总是叫错我的名字，还有德鲁的。
我不觉得这有什么，我确定他们这么做只是因为你是新来的。
本赛季好运，瑞克教练。
祝愿我们一直获胜。
噢！您是教什么的教练？

我根本不
是教练！
噢，那您也
是新来的！
我已经来了
14 年了！！！
嗯……
我得走了。
能跟您交谈
我很开心。
这……
呵呵。
刚才怎么了？
刚刚那个人……
他想融入这里真
是太难了。
啊，太糟糕了。
走吧，我送你去
教室。
这回绝不会让你
有迷路的机会。
14 年！

▶▶我最喜欢教生物课的罗奇老师，他非常幽默！
他的圆桌教学法很酷。我们围坐在一个大大的圆桌前，就像参加一次非常重要的董事会。
这是我的助理，骷髅先生……他是个真正的笨蛋。
我觉得自己是电影里的总裁！
叮铃铃铃铃铃铃铃!!!
好吧，你们这些兔八哥，快走吧！
今天没有家庭作业。我买了票去看音乐剧《汉密尔顿》！
嘿，莫里，我是乔丹。
你好，乔丹。
你住在哪里呀？
嗯……在城里……
你知道的，市中心。
在西部公园那里？
嗯……差不多吧。那个，你玩哪一种游戏机？
老实说，我不怎么玩游戏机。
但是我玩过一次《我世界》。
是《我的世界》。

* 原文为 squash，包含多种语义，比如“壁球”“笋瓜”，莫里指的是“壁球”，而乔丹因为对运动项目不了解，所以理解成了“笋瓜”，他以为莫里已经把话题转到了对食物的喜好上，于是回答说自己更喜欢花椰菜。

*天启是美国漫威漫画公司在作品中塑造的超级反派。

你们好呀。
乔丹，这是艾希莉和鲁比。
你好，艾希莉。你好，鲁比。
鲁比！噜噜噜！好能吃！！
安迪，你真是个讨厌鬼！
乔丹，华盛顿高地在哪儿？是在多布斯费里附近吗？
不，是在市中心，乔治·华盛顿桥附近。

你跟谁一起住呀?
只有你的妈妈吗?
还有他的爸爸!没看见他正在吃午饭吗!
你们有一整年的时间八卦他的事。
好吧。
你决定好参加哪个运动项目了吗,乔丹?
我可能会选足球,之前从来没玩过……
不过利亚姆说这项运动很有趣。

R
R
63

第五章
加油！拉德小蝌蚪！
FRANCIS
FRANC

乔丹的秋季运动会指南

首先，我们的队名是拉德小蝌蚪队，简称拉小队！唉！

这学期，每个人都要参加一项集体性运动或者参加音乐节。我不会唱歌。

一开始我想加入橄榄球队，但仔细一想……

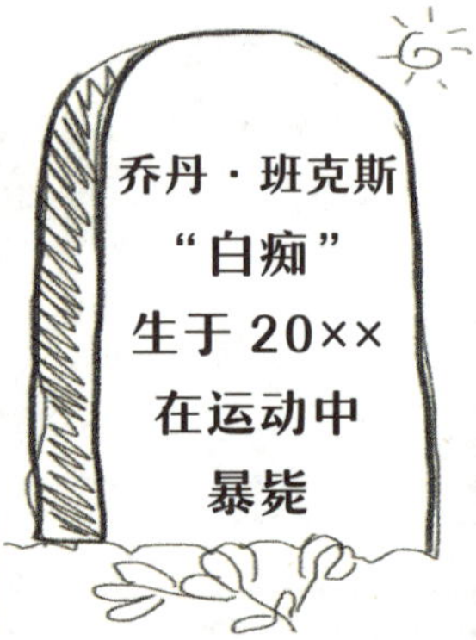

我其余的选择是：
越野
排球
竞技瑜伽
极限飞盘（不开玩笑）
足球

我从来没有玩过足球，但利亚姆说，有五支球队供我选择，要加入简直就是小菜一碟，只要我有一双这个：

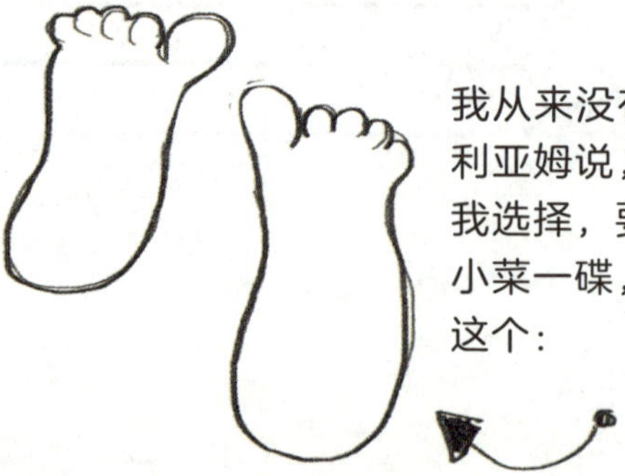

球队 1：
校代表队

球队 2：
后备校队

球队 3：
三等队

球队 4：初级队
A 组

球队 5：初级队
B 组

猜猜我加入了哪支队伍？

他们甚至让我当队长，因为我是这里唯一没有在训练中吐过，也没得过脑震荡的孩子。校队的比赛太精彩了！球员纵身一跃，就像杂技演员一样，竟在高空中踢球。
站台上挤满了前来为孩子们欢呼加油的父母。
太棒了！得分！！
相比之下，我们球队更像在排演一个低成本的空手道电影。
来观看比赛的家长们都在查收邮件或者跟朋友们玩在线游戏。
太棒了！三倍积分！！！

第一次比赛，
兴奋吗？
紧张的感觉比
兴奋更强烈。
我之前从来没
加入过球队。
真的吗？！
哇！
更是从来没有当着许
多人的面踢过足球。
到现在连规则还没有
完全弄清楚。
RAD 2
14

啊，你应该早点告诉我的，
我可以帮助你呀。
嗯，我爸爸之前给我
买过一款游戏，我从
那里了解了一些。
《新国际足联》？
那游戏太酷了！
RAD 2
14
RAD 7

怎么可能！你不了解我爸爸，他从来没送过我新款游戏。
贝克汉姆
07
$1.99
嘿，安迪，祝贺你成为首发四分卫！
随便你怎么说吧！
你没听说安迪不是首发球员吗……
他才是！
我已经听说了，就是想刺激一下他。
祝你好运，乔丹，希望你能赢。
你也是，利亚姆。

▶▶比赛即将开始！
正牌瑞克教练！
RAD 2
22
很酷的足球队服

利伯运动场（我们的三个体育场馆之一）
拉德小蝌蚪队！
利伯运动场
臭烘烘的足球队服

哇！那些弗朗西斯（FRANCIS）预科学校的家伙，太看重这场比赛了吧！
太认真了……
甜甜圈真好吃。
好了，小蝌蚪们，数三个数：
一！二！三！
友谊第一！！！
一！二！三！
全力以赴！
等等？什么？！
教练
R 73
R 00

* 生活在北极地区的原住民，现在一般称为“因纽特人”，旧称“爱斯基摩人”意为“爱吃生肉的人”，带有贬义，是种蔑称。

你跑得越快，身体就越暖和。
来一个甜甜圈补充能量吧……
然后带领我们赢得比赛！
教练
甜甜圈
我……
是……
蝙蝠侠！！！
好漂亮的粉色上衣！
是三文鱼色。
我爸爸在打折的时候买的棒球钉鞋！

▶▶“比赛在第 53 分钟打成平局。”（我记得以前在电视上听过这样的解说，当时觉得很酷，实际上，我不知道这意味着什么。）可现实是，我们就像一堆等着被打碎的鸡蛋。
那个是我儿子！
加油，乔丹！
快跑，亲爱的！！！
我的天哪！妈妈，求你别欢呼了！我们就要惨败了！
爸爸，快让她停下来吧！
这也太太太太太太尴尬了！

啪！
观众席传来一片欢呼声！！！
进球——
等等，刚刚发生什么了？
我想应该是乔丹进球了！还能这样进球？

哇！快瞧他摇摆的样子！
我不知道他竟然还会跳舞。
那是庆祝的舞蹈啊！
我们赢了！！！
奖励每个人甜甜圈！！！
COACH
R 53
事实上，我们距离赢得比赛还差太远。比分是 1 ：11！但是刚刚我进了第五队这七年来唯一一个球！！也将是本赛季我们能得到的唯一一分。
主队 1 球门范围内射门 9 次
客队 11 球门范围内射门 124 次
我
妈妈
尽管如此，但我比想象中更加喜欢足球了，成为学校运动队的一员感觉真不错。谁知道呢，说不定我还会去参加春季运动会（尽管学校没有规定每个人都必须参加）。唯一希望的是比赛在室内进行……暖和点！

第六章

冬天，友谊，误会

昨天的比赛很棒啊，德鲁。
我一直看到比赛结束。
真的吗？谢谢你，艾希莉。
是的，不过，橄榄球又不代表全部。
我在初级代数考试中得了 87 分。
问问德鲁他得了几分！
99 分。
事实上，如果加上附加题，一共得了 104 分。
随便吧，臭小子，没人喜欢炫耀鬼！
今天天气真不错，建议大家到教室外面找个地方自习吧。
哇哦！！！
喂！比赛很精彩，德鲁。
嘿嘿，谢谢你，科林。

哥们儿，我不知道你想不想出去，但我不想出去。
外面温度看上去已经零下了。
我知道，出去要被冻僵了！
我们在这里放松一下。
趁这个机会我们来聊一聊吧。
你怎么看这所著名的拉弗德尔私立走读中学？
你知道吗，其实我还不太清楚……德鲁。
我的意思是，某些方面我还是挺喜欢的。
你怎么想？
我……
我只能说，我不讨厌这里……

嘿，乔丹，你要一起吗？
不了，我就在这儿坐一会儿。
好吧。
我已经在这个学校两个月了，但是大家仍然不怎么跟我说话。
如果你想去……
我想坐在这儿，德鲁。
别说这个了。
可你已经是橄榄球队的明星队员了啊。
许多人跟我击掌，说：“很精彩的比赛，兄弟。”
但除了这样的话，几乎没人跟我聊过其他的。

我取代安迪成了首发四分卫，这对我的处境来说可能不是什么好事。
没错……不过或许你也不想和安迪成为朋友。
是的，他像工具一样冷漠！
你的向导是谁？
一个叫罗杰的男孩。开学第一天他带我在校园里转了转，然后就没影儿了。
还有，罗尔老师经常把我叫作德安德鲁，她到底是什么意思？
对啊，不知道他们什么意思……还有一些同学好几次叫我莫里呢。

* 源于美国黑人作家詹姆斯·鲍德温的《酪乳中的苍蝇》，该文章探讨了在文化杂糅的时代背景下，黑人如何在捍卫自身文化的基础上，动态地调和与白人文化间的矛盾。德鲁的奶奶借此告诫德鲁，要试着以黑人的身份融入多元的文化环境中。

如果我们不聪明，最开始就不会进入这所学校，对吧？
对的。
那为什么他们就不能让我们感到自在点呢？
我们又没有穿奇怪的衣服。
我们说的话也很少有他们听不懂的。
我们一点都不争强好胜。
我觉得你在说我们又不是安迪。
哈！没错，难道不是吗？
叮铃铃铃铃铃铃铃！！！
好了，乔丹，我们最好赶紧分开，不然他们又要误会我们在搞小团伙之类的事情。
说得对，德鲁。
很高兴我们能有这样聊天的机会。
待会儿见，臭小子。
德安德鲁？
德鲁。
我认为你称呼乔丹臭小子是非常不友好的。
我不是认真的……那就是句玩笑话。
他是你的同学，你不该轻视他。

我认为你应该
向他道歉。
我认为您应该为
经常叫我德安德
鲁而向我道歉。
你说什么，
年轻人?!
另外，安迪经常
喊人臭小子。
为什么您从来没有
管过他呢?
而且我并不为此感到
抱歉，因为乔丹非常
清楚我在开玩笑。
但是我可以告诉
您，我对自己感
到抱歉……
因为我来到这么一
所愚蠢的学校。
哥们儿，这会很快
使矛盾升级啊！

▶▶晚上六点。爸爸妈妈正在参加家长会。
我到现在也不敢相信你跟她说了那些话，德鲁。
不过，真没有冤枉她。
她以为她自己各方面都很美好，很有包容心，但她不是。
她以为自己很了解我，但实际上并不是。
真是太令人沮丧了。
抱歉我没有为你说话，当时我一下子愣住了。
谢谢，那本来也不是你的战场。
行了，我得挂了，我还有超级多的作业要做。
我也是，明天见。
呼——

晚上好，乔丹，我们回来了。
怎么样呀?
乔丹·班克斯！你的西班牙语得了C？
对不起，妈妈，以前的学校没有教过我们第二人称复数规则。
现在我懂了。
查克，你继续问他。
饶了我吧。
一切都还好吗，爸爸?
这就是我想问你的问题。
嗯……我觉得还好吧。
只是……
什么?

罗尔老师说，你和德鲁不太与其他同学交往。
大家都在户外自习的时候，你和他就一直待在教室里。
到底是怎么回事？是不是有同学欺负你？
没有，不是这样的。
况且，这是今天刚刚发生的事，就这么一次。
那么，到底是因为什么呢，乔丹？
你可以告诉我的，儿子。
现在是冬天啊，爸爸！
外面太冷啦！！！

冰天雪地的，谁愿意去草坪上趴着啊？

所以……嗯……我的其他老师怎么说呢？
我都记录在小本子上了。布鲁斯南老师说你作业交得很及时并且完成得很好。
罗尔老师说，你非常善于表达，而且行为端正。
如果你是个幼儿园小朋友，这评价还算不错。
加纳老师说你的初级代数学得还行。

罗奇老师希望你能多举手回答问题。
他很喜欢做你的足球教练。
他一直问我们他说的话听着是不是有点种族歧视的感觉。
这很奇怪。
对，这就是罗奇老师。
其他的家长都怎么样？
德鲁的奶奶十分亲切。
利亚姆的妈妈来了，他爸爸没来。
他妈妈挺和气的。
不过她非要劝我加入家长教师协会……
和她一起上瑜伽课……
参加什么叫作灵气疗愈的活动……
我告诉她我还得上班工作。但她似乎没明白我的意思。
对了，亚历克斯的父母很不错。我们说了你很喜欢亚历克斯。
是的，我们正在计划一起创作一本图像小说。
对了！那些开胃小菜真是好吃！
尤其是虾！

乔丹，我们在那里也体会到了你正在经历的一些感受。
我知道这肯定不容易，儿子。
但这是必须要经历的。
我们讨论过这个问题的，查克。
亲爱的，你知道我在全世界最大的出版公司之一上班……
我们出版 90 种不同的杂志。
但是你知道 1200 名职员里有多少是非裔美国人吗？
我知道的，妈妈，50 名。
48！
他们刚刚解雇了市场部的唐娜和珍妮。
关键是，为了在美国公司取得成功，你必须知道游戏规则。
但并不是所有人都会适应这种游戏，爱丽丝。
没有人必须这样做！
这就是我离开那里的原因。

你不会拿到全额工资，他们甚至都不教你规则到底是什么。
在那里上班唯一的好处就是认识了你。
嗒嗒
如果你当初留下来，现在就是编辑部主任了。整个网站的管理都会由你负责。
这就是为什么乔丹现在就需要学习适应这些规则。
而这正是我们需要这所学校的原因。
在那里乔丹始终会觉得自己像一个外人，周围的孩子会讨论他没看过的电影，讨论他没读过的书……

我们是在讨论乔丹，还是讨论你呢，查克?
去那里上学，他以后的人生会有更多选择，不管是上什么大学还是和什么人来往……
他会拥有你和我从来没有得到过的机会。
到了高中，如果乔丹仍然想去读艺术学校，就应该让他去。
这是乔丹的生活，不是我们的，爱丽丝！
好吧！！！
呜呜！

第二天
早上好，亚历克斯，等等我。
嗨，早上好，乔丹。
我爸爸妈妈真的非常喜欢你父母。
那太好了。
可是他们是什么时候遇见的呢？
昨天晚上的家长会呀。
我父母在佛罗里达，我和奶奶一起住。
真的？这很奇怪啊，他们确实说的是“亚历克斯的父母”。
是挺怪的，等你搞清楚了告诉我一声吧。
嘿——呼呼呼，乔丹！！！

亚历山德拉的妈妈和爸爸说，你非常想和我们做朋友。
我们很期待呀！
等等……什么？不……他们……说的是……他们和……亚历克斯的……父母……聊天……
不，小傻瓜，我爸爸妈妈在家里叫我亚历克斯。
天哪！！！我爸爸妈妈没有告诉亚历克斯的父母，我多喜欢他！
而是告诉了亚历山德拉的父母，我多喜欢她！！！
他们说有些动物在掉进陷阱时会咬断自己的腿来逃脱，我一直不明白这是什么意思……
直到现在！
突然我想起了爷爷说的一句话：“你没必要喜欢所有人，但也没必要在他们面前表现得像个混蛋。”

五分钟以后
救命！
嗨，亚历山德拉，你介意我找乔丹说几句话吗？
我有些事情要告诉他。
不，我不介意，德鲁。
不过，谢谢你问这一句……
通常他们不打招呼就走开了。
亚历山德拉？

怎么了?
我们打算出去走走……
嗯……你要不要一起呢?
好呀!!!
拉德 布告栏
下学期你会打篮球吗?
我不知道……

我总觉得大家都认为我很会打球……
这让我感到困扰。
我非常理解你的感受。
大家也总是认定我是这样的或那样的。
对了，你的朋友呢，乔丹？
谁？你是说利亚姆？
我也不知道……大概是提前开启感恩节假期了。

你呢，你将来要做篮球明星吗?
不行，我的球技还没优秀到足以弥补身高的缺陷……
速度的缺陷……
还有垂直弹跳……
我什么体育运动都不擅长，
不过我报名参加了音乐节的布景设计。
很棒啊，亚历山德拉！我敢打赌你一定能胜任。
真的吗?！太感谢你了！！！
假期愉快，亚历山德拉。我晚上发信息给你，未来的篮球新星。
听起来不错，未来的篮球大明星。
再次感谢，我的朋友们。

美味
素描本

好吃的
美味餐厅
A C 1

第七章
中餐带来的启示

▶▶ 感恩节假期：周六早上一醒来，我就开始想念爷爷，接着……
蝙蝠侠
准备长高!!!
你好呀，小伙子!
爷爷!
我刚刚一直在想您。
我也一直在想你呀!
BATMAN
你已经有一米八的个头了吗?
我希望有!
爷爷……您最近怎么样啊?
我是说……在那边开心吗?
非常开心！我感到很安静，很平和。很抱歉，我离开了你，但我的生活也得继续啊。
你只需要记住，我现在在一个非常不错的地方生活。
（叹气）
我很高兴……
同时我也很难过，因为您……您……
您……您知道的……

我没有死，乔丹。我只是搬去了杨克斯。只要四十分钟的车程！
你需要把房间的灯打开。
你那盏台灯的光线太糟糕了！
咔嚓！
看，现在好多了！
我给您打了无数次电话！
为什么您从来都不接呢？
我跟查克说过，我不想要这种智能手机……
但是你知道你妈妈的，她坚持要给我买一部。
他们告诉我来电话时，滑动一下按钮就可以接听。但是每次我这么做，电话就自动关机了。
不，爷爷，不是侧面的按钮，是屏幕上的。
我来教您……
午餐的时候再教我吧。我带你去一家很棒的中餐馆，就在我住的老年公寓附近。
好！

要一起去吗，儿子？
不了，今天我有比赛，我是教练。
对了，乔丹，等会儿如果我打电话过去……
拜托告诉我老爸怎么接听。
玩得开心，儿子。
带钥匙了吗？
带了，爸爸。
钱包？
当然，放在裤兜了……
哎呀……哈哈哈！
快说说他，爷爷！
祝你度过愉快的一天，爸爸。
再见，小叛徒！
再见，儿子。
这握手的力度足以捏扁一头大象。

* 指纽约洋基棒球队，是美国职业棒球大联盟中的球队。

我踢足球。那倒不是很难。
我还进了个球呢，不过那天真是太冷了！
真遗憾我错过了。
跟我说说你的朋友们。
先说利亚姆吧，他是我的向导，他带着我熟悉校园。
我觉得他一开始不怎么喜欢我，但是现在我很肯定他是喜欢我的。
他是……您明白的……
白人。
炒菜
炒菜
哦？那他人怎么样？
跟您和我没什么两样。
他挺好的。
好吧，那很不错。再说说其他人？
还有一个叫德鲁的男孩。
他也是我很喜欢的朋友。

他是黑人，但我们也不是立刻就成为好朋友的。
为什么会这样？
炒菜
炒菜
A
菜单
您知道的，我也没想明白。
有一天我们就突然开始聊天了。
那你们三个是铁三角啊。
不，通常是我和利亚姆一起，或者我和德鲁一起。
为什么呢？
您知道的，我也没想明白。

乔丹，你小的时候特别爱吃“谢谢面”。
你那时总是说不对“鲜虾”这两个字，总是说“谢谢”“谢谢”，一到中餐馆你就只想点“谢谢面”吃。
而且你一次只吃一根面条……
假装它是条虫子……
真的太恶心了！

突然有一天，你发现还有黑胡椒牛排。
现在你还喜欢吃左宗棠鸡。
唯一没变的是，你还是会花很多时间在点菜上。
这就是为什么今天我们要“越规”一次，把三道菜全都点了！

我认为这不合理！
你不必每次都要做出选择，有时候让自己高兴点就好。
记得无论你做什么，我都会为你感到骄傲。

如果您学会接听电话，我也会为您感到骄傲。
好吧，可能你还会想给我发短信……
但我也不太懂怎么看短信，怎么回复。
对了，听你爸爸说，你作业非常多。
比之前的学校多太太太多了！
再加上因为不能去艺术学校，我还是心情不太好。
不过好消息是，绘画、音乐和表演方面的艺术学院，都是从高中一年级才开始招生的……
所以我还有两年的时间可以用来说服妈妈。
在这之前，我会一直在素描本上练习的。
想看看吗？
当然！
素描本

和我的妈妈一起拍照

一个恐怖的故事！

首先，我妈妈永远找不着相机，它有可能被放在任何地方。

还有，妈妈的相机真的太旧了！这是她爸爸以前用过的，就因为这一点，她拒绝买新的，也不愿意用自己的手机拍照。这相机还得用胶卷！去网上查查你就知道那是什么老古董了！

然后她对着我们疯狂地按快门，希望在大量照片当中可以挑出来几张还不错的。

但通常一张都挑不出来！

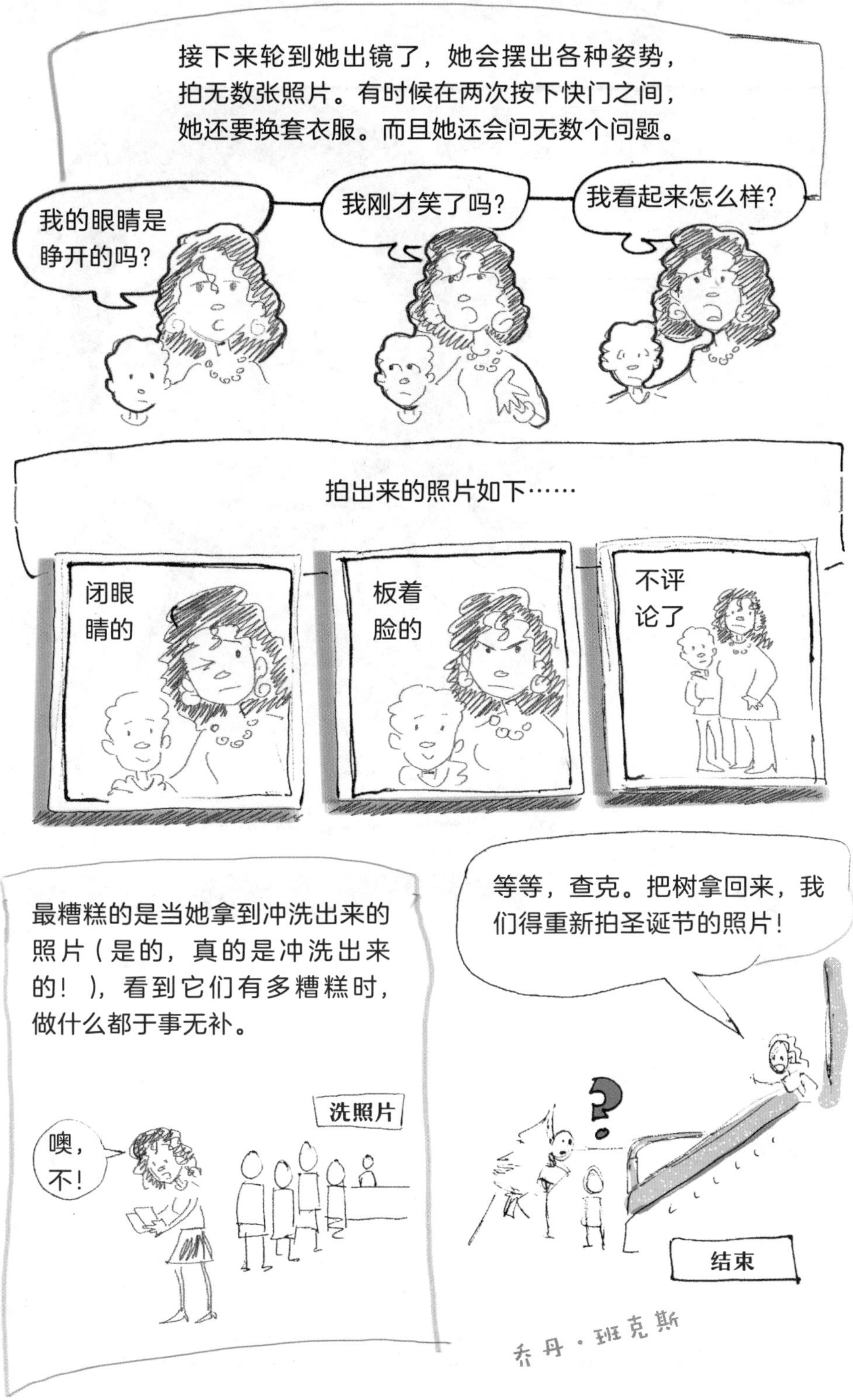
接下来轮到她出镜了，她会摆出各种姿势，拍无数张照片。有时候在两次按下快门之间，她还要换套衣服。而且她还会问无数个问题。
我的眼睛是睁开的吗？
我刚才笑了吗？
我看起来怎么样？
拍出来的照片如下……
闭眼睛的
板着脸的
不评论了
最糟糕的是当她拿到冲洗出来的照片（是的，真的是冲洗出来的！），看到它们有多糟糕时，做什么都于事无补。
洗照片
噢，不！
等等，查克。把树拿回来，我们得重新拍圣诞节的照片！
结束
乔丹·班克斯

▶▶我花了几天时间才反应过来，爷爷讲的故事就是个比喻。（也许这只是我自己的理解。）所以我决定去试试“左宗棠鸡”和“黑胡椒牛排”到底能不能搭一起。
好了，兄弟们，任务开始……
3……
2……
1……
出发！
利亚姆，使用你的魔法！
德鲁和我会保护你。
守卫
小精灵
武士

德鲁，你负责拿到健康符。乔丹，你来拿金币。
谢谢，利亚姆！快冲上去拿啊，德鲁。
兽人过来了！
当心，别让他们从背后袭击你。
别担心，我连安迪都不怕。
哈！干得漂亮，德鲁！
▶▶感觉过了100个小时后
乔丹，快过来，宝贝儿！
啊啊啊，完了！
好的，妈妈。
兄弟们，我得下线了，这真的太有意思了！
感恩节快乐！
哈！你也是啊，臭小子。
等等……什么？
我俩之间的小玩笑，利亚姆。感恩节快乐！
你知道的，总体来说“左宗棠鸡”和“黑胡椒牛排”搭配得不算差，一点儿都不差。

火鸡
豆角
蜜汁番薯配棉花糖
玉米面包

▶▶感恩节那天，我和妈妈、爸爸、爷爷、玛茜、马尔戈姑妈和表哥波比一起吃了晚餐。
羽衣甘蓝
芝士通心粉

第八章

南区的穷街陋巷

▶▶感恩节假期后返校
你去哪里滑雪了？
我们去了阿斯彭！特别棒！
安迪，滑雪怎么样？
太好玩了，科林！嘿！你可以考虑圣诞节和我们一起去夏威夷。
我们去了杰克逊山洞，那里太酷了！
你们应该去阿尔塔看看雪！
你跑那么远的路就是为了去阿拉斯加滑雪？
对的，非常非常值得。
我从小就跟着家人去韦尔度假村玩。
你可以看看我爸爸玩滑雪板。
他差点儿没命！我发到社交网站上了。
我们去了阿迪朗达克山脉。
我们去了佛蒙特州滑雪。
我也是，早知道我们可以一起玩。
我现在很想回家，德鲁。
我也是，乔丹！

大家好，欢迎回来，希望你们都度过了一个愉快的假期……
我们今天要去学校的书展看看……
去之前，我们先抽签选一下做谁的秘密圣诞老人……
每个人会收到三个礼物……
第一个和第二个礼物可以是任何形式的……
你可以装饰别人的储物柜，烤饼干，甚至写一首诗……
最后一个礼物需要去买……
诗歌
但是你们每个人最多只能在这个礼物上花费 10 美元。
出教室的时候记得从袋子里抽取一个名字。
有什么问题吗?
好的，德……德鲁?

嗯……
符合助学条件的学生能否申请经济补助？
叮铃铃铃铃铃铃铃！！！
嚯！！！

哥们儿，你刚刚说的是什么！
我以为她要罚你留在教室里！
我已经不在意罗尔老师怎么想了。
反正她永远都不会喜欢我。
所以我还不如如她所想，对吧？
我们只是不希望一些不好的事情发生在你身上，
我可不想去求莫里做我的朋友。
他一定会逼我吃笋瓜！
这样啊？我一直以为你和莫里是好兄弟。
快点走吧，我们去看看书展。
好……那个……嗯……
嘿！你们抽到做谁的秘密圣诞老人了？我抽到了艾希莉。
你是说那个爱传八卦的女孩？好吧，那你最好别给她准备很糟糕的礼物，不然全校都会知道。
啊！我抽到了安迪的小跟班。
科林？好吧，至少不是安迪。
我抽到了格雷汉姆，我对他一点都不了解，不过还算走运吧。

你们俩看中什么了吗？
没有。
我有多余的钱可以给你们用，不需要还的。
我的意思是，除非你们自己想还。
先看看再说，谢谢你，利亚姆。
我去挑一本最新的《小屁孩日记》送给格雷森。他今天生病，请假在家呢。一会儿见！
啊，哥们儿！我以前非常喜欢《小屁孩日记》！
我也是。还有《波西·杰克逊》，你读过吗？
当然！这个系列的每一部我都看过。
我现在不怎么看了，内容没有那么吸引我了。
真想念从前。
我也是！我现在主要买一些教绘画的书。
RAD
非裔美国人逃离主题文学作品
逃离帮派生活
逃离奴隶制
逃离贫困
逃离
逃离监狱

孩子们，我给你们挑选了非常合适的书。
真的是好书，亚历克斯，不是那些幼稚的漫画书。
还有，莫里，这本书获得了所有美国非裔文学领域的大奖。
阅读
《神奇的魔法》……
一次神奇的探险之旅。
神奇的
《南区的穷街陋巷》
一个坚韧不拔的生存故事！
你会和主角产生强烈的共鸣。
他经历了很多磨难，从小就长在一个没有父亲的贫困家庭里。
嗯……谢谢，布里克纳老师。我爸爸是一家世界500强公司的总裁。
哦……德鲁？

通过书的封面评判看书的人！

主流书

非裔美国人主题的书

主流书的封面：

酷，色彩斑斓，看起来充满魔幻气息，充满希望！

主流书的情节：

艾米王子离开了他枯燥的生活，去收服一条恶龙，拯救了布雷亚公主，最终向他的父亲证明了自己会成为一个可敬的国王。

非裔美国人主题的书的封面：

一张充满现实主义和绝望气息的令人压抑的照片。

非裔美国人主题的书的情节：

达科·杰克逊，绰号“速可达”，在三年内搬了三次家，当搬到第三个城市后，他必须决定是继续追求加入 NBA* 的梦想，还是加入当地臭名昭著的帮派。

* 美国职业篮球联赛的简称。

主流书中的英雄：

· 生活在魔法王国！

· 生活在稳定的家庭里！

· 想要生活得更好！

· 他的父亲是国王！

评论：

这是一个让人惊心动魄的魔幻故事，一定会激励不同年龄段的读者在找到自己追寻的宝藏之前永不放弃。

——《学校图书馆期刊》

非裔美国人主题的书中的英雄：

· 生活在贫民区！

· 生活在破碎的家庭里！

· 只想活下去！

· 他的父亲离开了！

评论：

一个发生在城市中的以坚韧不拔的精神谋求生存的故事，让我们看到了闪烁在城市中的坚毅之光。

——《飞机杂志》

秘密圣诞老人：第一天
哇哦！
快看！
巧克力蛋糕。
我要流口
水了！
这礼物打败了我
这根折断的魔杖
糖果！
你得到什么礼
物了，德鲁？
超大的饼干……
篮球形状的！
还不错……
我觉得。

▶▶秘密圣诞老人：第二天
哇，《护身符》！这肯定是亚历克斯送的。
你好，奥利奥先生！！！
奥利奥
住嘴，利亚姆！！！
不，等等，莫里，我……
莫里？
你今天收到什么礼物了？
一张礼券。
很棒啊！哪里的礼券？
肯德基。

▶▶秘密圣诞老人：最后一天
想不到吧，艾希莉，我是你的秘密圣诞老人！
南瓜派！谢谢！
不，这是甜甜的红薯派，我协助爸爸做的。
甜……红薯？
糖
不……不……没有加糖……因为它本身就甜甜的！
嗯……我不知道那是什么。
所以……它就是个大一点儿的馅饼？甜味的？
我不知道馅饼是什么。
这么说吧……你有没有吃过炸过的红薯条？
当然，非常好吃！
噢……好的，那个……谢谢你的甜甜派，乔丹。
不客气……

嘿，德鲁。
怎么了，乔丹！
你还好吗？
我不知道。这个秘密圣诞老人的活动让我觉得有点可怕。
看看我都收到了些什么……
第一天：篮球形状的饼干
第二天：一张肯德基礼券
所以呢？
想想，乔丹。
篮球！
炸鸡！
还有……
一个巧克力圣诞老人！

拜托，哥们儿！你觉得这个看起来怎么样？
很好吃！
乔丹！
好吧，我……
噢……我明白了。
不过你自己不是喜欢这些东西吗？
我确实喜欢，不过别人为什么送我这些东西呢？
安迪！

哥们儿，那个人真的让我很不舒服！
我要让他知道我的感受！
惊喜吧，德鲁！我是你的秘密圣诞老人！
艾希莉？
希望你喜欢所有的礼物。我可是花了不少工夫的。
所有的篮球形饼干都是我亲手做的。
我知道你喜欢篮球，因为你的柜子里贴着纽约尼克斯队的海报。

我还送了你一张肯德基礼券，你知道的，没有人不喜欢肯德基，对吧？
哪天我们可以一起去，我请客！
最后一个礼物是巧克力圣诞老人，因为我超级爱吃巧克力。
而且这个小人真的太太太可爱了。
吃的时候可能有点不忍心，不过，味道很好哟。
我也觉得他太可爱了，谢谢你，艾希莉。
不用客气，好好享用。
再次感谢你送的甜甜派，乔丹。
红薯派！
德鲁有女朋友了！
哥们儿，我得走了！
再见，可爱的巧克力圣诞老人。嚯嚯嚯！
打扰一下……德鲁？
嘿，莫里。
我的秘密圣诞老人送了我这个，我想你会喜欢的。
假期愉快。
南区的穷街陋巷
柯尔文 著
畅销书《神奇的魔法》作者全新力作
嗯……谢谢……

嘿，乔丹，假期的时候你想过来玩吗？
去你家吗？
不，来我的储物柜！啊哈！当然是来我家。
这样我就可以当面在游戏中打败你了。
好啊！发信息告诉我时间和地址。
还有……嗯……你来我家之后，尽量不要……你知道的……对你看到和听到的，不要随意评价，好吗？
好……当然。我的意思是，朋友之间是不会随意相互评价的，我们是朋友，对吧？
当然了。到时候见。
嘿，小不点儿，你在乔治·华盛顿音乐节的表现相当不错呀！
（叹气）……再忍一年半就行了。

第九章

伤心的爸爸与宽扎节

▶▶圣诞假期
嘿，柯克，很高兴你能来。
最近还好吗，乔丹？
好久不见，兄弟。还以为你把我忘了呢。
怎么能呢，我永远不可能忘了你……
你是我的“谢谢面”！
你的什么？
相信我，那可是好东西。
柯克，真高兴能见到你……
乔丹说你今天要来做客。
你好，班克斯太太。

我非常高兴你们两个又在一起鬼混了。
你一直是我最喜欢的客人之一。
啊哈……谢谢。
是一起玩耍，妈妈，不是一起鬼混！

请转告劳伦和你妈妈，我向他们问好。
我会的。
我们去客厅玩了，妈妈。
你们饿的时候告诉我，你爸爸正在做汉堡。
好的。

对了，你的新学校怎么样？
还行吧。
但有时候挺可怕的，就像上周，有个孩子带着一个奇怪的包裹来学校！
他带武器去的？
对！他说是为了保护自己。幸好保安发现得及时。
我敢打赌这种事不会发生在你们学校。
你在开玩笑吗？上周在一个学生的柜子里发现了士力架巧克力。
那怎么了？
拜托！我们学校不允许带任何含坚果的东西！
这种事就已经很可怕了……可怕的坚果！！！

稍有差错，就会引起过敏恐慌事件！！！
这就是我们学校，你还嫩了点儿，以后就知道了。
你说话真像帮派大哥，乔丹！
真有趣！我记得以前常常来你家和你一起玩，真怀念那个时候啊。谢谢你再一次邀请我。
说什么呢，柯克，你可是我认识最久的朋友，铁哥们儿。
只是我平时作业太多了，一到周末，我就只想睡觉。
真的吗？
绝对的！

▶▶过了几天，是时候去拜访“黑胡椒牛排”了。
爸爸，这个关于“不要随意评价”的约定，真的让我有点儿害怕。
所以你怀疑利亚姆家里很穷，却假装有钱？
利亚姆从来没有假装过什么。
他的鞋子都破了。他从来不炫耀……
兰德斯
不过话又说回来，他的爸爸开奔驰。
那么，皮埃尔先生是谁？
谁知道呢，乔丹，也许他们以前很有钱，但是因为遇到诈骗就破产了。
不管发生什么，你要保证对待他的态度不要改变，好吗，儿子？
好的，爸爸。
到达目的地了。

这里只住着一户人家吗?!
……
我从出生到现在，只听过我爸爸说过两次脏话。
这是第三次。

我来，我来！跟你说过的，不需要你去开门！
他是在跟他们家保姆说话吗？
叮咚！
你好，乔丹，欢迎来做客！你好，班克斯先生。
我几点来接你回家，乔丹？
别担心，我会安排人送他回家的。
好……好的……那么……祝你们玩得开心。
失败者
爸爸？
怎么了？
谢谢你为我做的一切，你是最棒的！

我的天，你家从里面看更大！
你们的休息室就能装下我整个家。
至少我觉得这是休息室——我是在电视上听到的这种叫法，这是休息室吗？
记得吗，你答应过我不做评价的。
好的，不过这地方也太大了！
你爸爸呢？
出差了，不然呢？
你多幸运呀，每天都能见到你爸爸。
他还去看你的足球比赛。我印象中，我爸爸只在我很小的时候看过我玩安全棒球。
你好呀！你就是乔丹吧，我是利亚姆的妈妈，这是格雷森。
克莉丝汀，来和利亚姆的朋友打个招呼。
不！
嗨！
我儿子一定非常喜欢你，他现在几乎没有这样的小娃娃聚会了。
这不是小娃娃聚会，妈妈。

我总是忘记你已经是大小伙子了。
利亚姆，以前经常来家里玩的那个小孩子叫什么名字来着？
那是莫里，妈妈。
莫里，对，你们两个后来发生什么了？
妈妈，那是四年级的事了。人是会变的！
好吧，可他比打坏你奶奶台灯的那个小孩要乖多了。
老提台灯的事……她竟然还会好奇为什么我不带朋友来家里玩了。
莫里以前经常来玩？
是的，但后来我们没那么亲近了。
是谁打坏了台灯呢？
你猜！

安迪?!
是的！他那时脾气不太好。以前我们两家经常聚会。
后来，我们买了这个房子，比莫里和安迪家都大很多。
之后他们就不再来了。
那其他的同学呢?
他们……我感觉在这个学校，没人喜欢我。
我感觉自己很……不同!
不同!
你?
没事，现在好多了。你和德鲁都是正常人。
不要误解我的意思，别的同学都挺好的……亚历克斯、雷蒙……但是他们感兴趣的东西和我不一样。你懂吗?
是的，我懂，相信我。
嘿，那个礼堂到底怎么回事?真的是以你们家某个人的名字命名的吗?

（叹气）
是我的爷爷。
噢，
所以——
说点别的吧。
为什么最好的游戏
都是在我们上学的
时候发布？
啊？
噢，是。
而且总是在周二，
我们有家庭作业
的时候。
饿吗？
饿，
有什么
吃的？
豆瓣菜三明治配
菊苣、芝麻菜。
嗯……好的。
我逗你玩的。
我连那些是什
么都不知道。
我马上
回来。

兰德斯太太，
再见。
再见，亲爱的，
欢迎你随时来玩。
所以……我们还是好朋友吗？
当然，为什么不呢？
太棒了！圣诞节快乐，乔丹！
这是给你的礼物。
哇，
谢谢！
不过我没有给你准备礼物。
你是我的朋友。
这已经是个大礼了！

我回来了！
嗨，妈妈。
快坐下，儿子。
出什么事了吗？
我回来晚了？
不是，我想听听豪宅的故事，拜托，你拍照了吧？
他还给你准备了圣诞礼物？
你觉得会是什么呢？
我不知道……
爸爸呢？
他头疼，已经睡了。
快来坐下，跟我说说吧。
我想知道细节！

爸爸?
#1 爸爸

▶▶圣诞节。我想要的真不多——除了新款 NBA 2K 线上篮球游戏！
但我知道它太贵了。任何游戏在降到 50 美元以下之前，我永远不可能拥有它们。
新款游戏
新款游戏
哇！吃豆人游戏！
降价的旧款
更便宜的游戏
这就是为什么我总是赶不上最新的游戏潮流。
爸爸，乔·纳马斯是谁？
提前预售
事实上我真正想要的东西，没有人可以给我……我想要迅速长高！那该多棒啊！
哇！谢谢你们！
现在就试试，儿子。
看，我一米九三！

真实发生的事情是：
品牌口红礼券？
你们怎么知道我想要口红？
嗯……也许是因为她把圣诞心愿用短信发给了我们。
我的天哪！
NBA 2K！ 还是最新款！！！
袜子，谢谢！
是的，我知道你需要它们，里面还有两条内裤。
18
双
这是你应得的。我们知道你在学校学习非常用功，
也知道适应新学校对你来说并不容易。
对了，乔丹，你好朋友送你的礼物是什么？
噢……他……他送了一条很多人都在穿的粉色短裤。
你知道的，这就是个玩笑。
NBA 2K 豪华版
千年珍藏超级黄金版

*“宽扎”（Kwanzaa）源于斯瓦希里语，意思是“第一批果实”，宽扎节即果实初收节。它是非裔美国人的节日，庆祝活动一般从 12 月 26 日至次年 1 月 1 日结束，持续七天。节日期间，非裔美国人通过各种形式赞美非洲文化和历史，每天还会点燃一支蜡烛，七支蜡烛分别象征他们相信的七项原则——团结、自主、共同生活、经济合作、目标、创新、信仰。

当大家还沉浸在看《圣诞故事》和《圣诞雪人》中的时候，圣诞节对我们来说早就翻篇了。
啊！《为奴十二年》？我们能不能就看看《黑人一家亲》？
我们还会听一些非常有年代感的歌曲，包括黑人音乐的灵魂教父——詹姆斯·布朗的歌。
唱啊，宝贝儿。我去找相机。
大声唱出来！
我的灵魂在家里得到了修复，现在是时候去外面让它继续接受熏陶了。
乔丹

▶▶米勒社区中心
看，乔丹，柯克和你的几个老朋友在打球。看到没？索菲亚、马克、布里斯、肯尼……
我看到了，爸爸。
你来了，乔丹！快过来，哥们儿！我们正好需要一个人，卡洛斯累了。
玩得开心，乔丹！

好的，我来防柯克。布里斯，你防住你弟弟。
索菲亚，你防住“私立学校”。
每局 15 分，三局两胜，其他的都不重要。
LIBERTY 22

决胜局了，手下败将！
加油，伙计们，我们打太糟糕了！

应该说，你们打得太糟糕了。

哟，乔丹，你是在挖苦
你的哥们儿吗！
不，我不是那个意思……
我是说，刚刚那句
话是不准确的……
表示“打”这个
动作怎么样，后
面要跟……
“得”。

哎呀，乔丹开玩笑呢！你们真是一根筋！
噢，好吧。“私立学校”果然不一样啊。
啊，很高兴你还会开玩笑。
LIBERTY
22
谢谢你，柯克。
不用客气。
来吧，我们继续，决胜局。
注意防守！

第十章

雨天“恐怖”事件

不那么黑暗的骑士故事！
真希望我是蝙蝠侠！
并不仅仅因为那些听起来很酷的理由。
我要报仇！
很高兴见到你。
也不仅仅因为他很有钱这个事实。
不是一般的有钱，是超超超有钱！
真希望我是蝙蝠侠，这样应付任何局面都会是小菜一碟！前一秒他还在开股东会议，
我是布鲁斯·韦恩*。
下一秒，他就出现在小镇最危险的地方。对一切都无所畏惧！
我是蝙蝠侠！
只不过，他看上去好像从来就没有朋友。
嗨，阿尔弗雷德，再玩一次扑克牌？
我戒掉了！

* 蝙蝠侠的名字。

幸运的是，我再也不是孤零零的了。
但与我不同的是，蝙蝠侠总是能掌控一切！
没有恐惧！
不吃腌黄瓜！！
还有，我超级佩服蝙蝠侠总是支持弱势群体。
因为通常来说，我就属于“弱势群体”。
妈妈，我可以去读艺术学校吗？
不可以！

大家下午好，我是艾希莉·马丁，欢迎来到拉德假期总结会……
让我们来看看本次假期的赢家和输家分别是谁。
毫无悬念，最大的赢家是辛迪·马库斯，她的爸爸租用了航天飞机，一家人在航天轨道上敲响了新年的钟声。
如果用一句话来形容她的假期，那就是“辛迪在假期里幸福得飞起来了”。
罗比·德紧随其后，取得第二名。他们一家和神圣的罗马教皇一同度过了圣诞节。
啊啊啊……罗马，迷人的罗马！
还有，安迪和他忠诚的小兄弟科林一起去了夏威夷。据说，每个同学听到这个消息后都表示：“谢天谢地，我们没有去夏威夷！”
假期输家包括：乔丹、德鲁、莫里、亚历克斯、雷蒙和那个手上总是套着玩偶的女生。
事实上，我们全家去了托斯卡纳的私家别墅呢。
看来我得改正一下自己的错误。

那么现在，晒黑比赛
正式开始！
看呀，乔丹，我比你还要黑！
（叹气）在之前的学校经历这些
已经够糟糕的了！
但这次的感觉比之前更差。
闪回镜头
嘿！快看呀，就连我的小麦
面包都比乔丹黑。
这还是没烤过的呢。
走吧，哥们儿，今天午
餐我请你。

▶▶午餐
我听说格雷汉姆又买了一台笔记本电脑，这一台是专门用来打游戏的。
你听谁说的？
他自己，已经说了六次了！
鲁比一家和艾希莉一家都去了希腊，因为我们这学期要开始学习希腊语了。
哇！我爸爸连希腊酸奶都不会给我买，除非碰上打折。
知道我去了哪里吗？
哪里？
沃尔玛！可不是一个普普通通的沃尔玛，是个超级大的沃尔玛！
你呢？去了哪里？
南部住宅区！
这就是我们的风格！喜欢我这黑亮的肤色吗？
哈哈！你可以在晒黑大赛中获胜了！
对了，利亚姆呢？
我不知道。我问了他假期如何安排的，可是他支支吾吾的。说不定他也没钱出去旅游。
我可不这么认为！

意大利面?
不，我……我
讨厌意大利面！
哥们儿！那个亚历山德拉
好奇怪呀，我的意思是，
谁会不喜欢吃意大利面呢。
就是啊。

等这周过去我
就会开心起来。
是的，到时候就不用被
迫听到那些我们没有去
过的度假胜地了。
至少在春假之前
都不用再听到了。
今天本来已经够糟糕的
了，很不幸的是，我还
要去上美术课，今天是
第一节课。
可是你明明喜欢
画画！
这课肯定很无聊的，
所以我上一个学期就
没选。

▶▶无聊的美术课
同学们好，我是斯莱特老师，欢迎来到视觉艺术课堂。
我在这里教了 12 年了，办过很多次个人画展。
这里有几幅我的作品。
正如你们所见，我用形状和油画颜料来展现作品的艺术气息。
每一种颜色都有它独特的灵魂……
好了，我们准备把这个东西关掉。
这不是演习！再重复一遍，这不是演习！！！
脑部活动即将停止…… 三 …… 二…… 一……
关机！

▶▶五天之后
毕加索先生，你觉得刚刚的课怎么样？
我不知道，科林，我是真不太喜欢。
我很想学习画真实的物品，而不是学这种抽象的乱涂乱画。
我懂你的意思。
不过你也可以尝试一下，说不定很有趣呢。
我的意思是，最坏的结果能坏到哪儿去！

最坏的结果是……
我瞎了！！！
我想，确实可以试试看。
谢谢你，科林。
不客气，哥们儿。
嘿，我能问你个问题吗？
说吧。

那个……你看起来特别友好……
你为什么会和安迪一起玩呢?
哈！你不是第一个这样问我的人。
他这个人其实还不错……
不过我知道他有时候会做出越界的事。
有时候?
如果界线在这里……
安迪在十万八千里以外!
真是这样的，但是，有时候安迪也非常搞笑。

大家好，可以安静地听我说两句话吗？
有没有谁丢了个小孩？
哈哈
哈哈
哈哈
哈哈
这就是他搞笑的方式吗？
这不好笑，安迪！
哎呀，德鲁，怎么了？
好了，我们去上课吧，要迟到了。

我发现冬季运动，
你一项都没参加，
害怕了吗？
是的，没错，
安迪。
摔跤和冰球让我
感到恐惧……
更别提壁球了！
好吧，既然每个人都要选
一个春季运动项目……
我赌你不敢参加
棒球队。
等等，壁球……
之前莫里说的是
壁球运动？！*
我认为是笋瓜……怪不
得他被我搞糊涂了。
你和安迪怎么了？
我完全不知道！不过，
如果这是他想要的……
那我会让他如愿的。

* 参见第 64 页。

▶▶数学课
所有的火车都安装了太阳能电池板后……
我们就会拥有绿色的可持续发展的铁路系统。
太棒了，安迪。
大家有问题要问吗？
我有。
你有没有计算过一块电池板能产生多少动能，一辆火车需要安装多少这样的电池板才能高速运行，保证对电池板的投入能够获得收益？
非常精彩的提问，德鲁。
不如你再回去计算一下，等运算成功后再重新提交你的作业？
？

▶▶数学课下课后
你刚才真是让安迪完全下不来台啊！不过真是太痛快了！
他活该。
对。
我得快点了，今天我爸爸来接我。
晚点和利亚姆在游戏里见？
好的，我可以在七点左右玩一小会儿。
只能玩一两场游戏，然后就得去学习了。
好！一会儿连线！

堵在路上了，
要晚点到了。
——爸爸
（叹气）
（叹气）
好吧，至少今天不可能更糟——

* 美国的一档儿童教育电视节目。

不过我不喜欢剧里奥斯卡总是一副抱怨的样子，所以我让手里这个一直保持开心。
哇呜！
看到没？
可是，它当然要抱怨！如果当你的好朋友在开心地唱歌跳舞的时候，你却只能生活在垃圾桶里，你难道不会抱怨吗？！
为什么没有人帮助它？
噢……
我……
我从来没从这个角度考虑过。
所以……我猜你不喜欢奥斯卡，对吧？
不，不是这样的，对不起，亚历山德拉。
那么……你不喜欢我？没关系，反正没有人喜欢我。
我知道每个人都觉得我很奇怪。

这个时候你就应该跟我说没有人觉得我很奇怪。
尽管他们的确这样认为。
噢……对不起，亚历山德拉。我爷爷说过“永远别用谎言安慰人”。
不用道歉，乔丹。我尊重你的诚实。
别被雨淋到了！
谢谢。
就这样，我在雨中和我们班——或许是整个学校最奇怪的同学聊天……
我满心希望这个女孩也许没有大家想得那么奇怪，希望她再也不要往手上套那些奇怪的玩偶，不要再学玩偶的声音说话，这样大家就会发现她有多么好了。
但是在内心深处，我最最希望的是……我真的全心全意地希望……

她千万别靠过来亲我一口！
这是电影里总会发生的桥段。两个人在一个地方……突然，啵！！！
接下来你知道的，他们成了一对恋人！！！
我喜欢你，乔丹！
我更喜欢你，亚历山德拉！
所以我确保我们的谈话一直不间断地进行，因为女孩通常会在尴尬的停顿瞬间突然献上一吻。
我可以问你个问题吗，亚历山德拉？
当然。
你为什么总在手上套一个玩偶？
嗯……这不太好说出口。不过我想我可以告诉你，你从来没有针对过我，乔丹。
嗯……有一天我正在和我的小弟弟伊恩玩……
我妈妈正在做意大利面。她以前每周三都会做。

突然，门铃响了，妈妈去开门……
伊恩的胳膊碰到了妈妈的锅，我眼看着锅翻转过来，那个画面就像电影里的慢镜头。
我用力推开他，不然他就会被烫到。
他没有烫到。
但是我的胳膊被烫到了，脚踝也被烫伤了一点点。
我一直想各种办法遮盖手上的伤痕。
绑过绷带……
戴过手套……

现在套着玩偶？
对。
我猜你现在想看看我的伤疤，对吗？
不，并不想。
好几年了，我都没有给任何人看过。
为什么现在要给别人看呢？你不必……
我想给你看……
而且，我信任你，乔丹。
所以我认为给你看看没有关系……

看！！！
这……其实没有那么严重。我真的相信不会有人因此取笑你的，亚历山德拉。
真的吗？
嘿，我们的爸妈来了。
我伤疤的事能保证不告诉别人吗？
为什么？你保护了弟弟，你是个英雄！！！
好吧……你只能告诉一个人。
一言为定！
再见，乔——丹！哎呀！我不是故意要学玩偶的声音。
抱歉我迟到了。今天你怎么样？
从哪里说起呢？

第十一章

棒球场上的劲爆消息

卑微的棒球队！

春天来了，可供我们选择的运动项目有棒球、网球、击剑，还有一种运动是让我们用连在棍子上的网兜接球，看上去实在太难了。

我从没在真实生活中玩过以上任何一种运动，但是我玩过《职业棒球大联盟 2K6》的网络游戏，了解一些棒球比赛的规则，而且我也在电视上看过棒球比赛。

这一次，德鲁和我一样，可选择的项目都不会玩。大概因为他家附近的公园比我家附近还要少。

好消息是我们俩被分在了一个棒球队。坏消息是，由于很多同学都选择了“用棍子上的网兜接球”的项目，剩下的学生只够凑成一支低水准的棒球队。这意味着，安迪也在这个队里！

乔丹·班克斯

后来我们发现了为什么只有很少的学生愿意参加棒球队。这主要归功于教练的名字——皮皮派谢！
首先，这个名字听上去就像是由“屁屁”和“排泄”组成的，谁听了能忍住不笑呢？
我来告诉你如何忍住不笑：学校里有一个传闻说，1997 年某个“热狗”（指的是爱出风头的人）曾嘲笑教练的名字。
教练一怒之下把他吃了，其他队员们惊恐地目击了整个过程。据说他一口吞下了他！
甚至都不需要配点芥末酱，那个“热狗”被整个儿吞进了教练的肚子里。

本赛季首场棒球比赛
哥们儿！我很想念罗奇教练。
我知道。我还想念他的甜甜圈！
现在我们得担心别让自己被当作甜甜圈给吃了。
是的，我害怕我们的教练！
我们这些初阶的学员还要负责搬运所有的装备，真够讨厌的！
天还这么冷，还下着雪呢！
谁会在下雪天打棒球呢？
说不定我们一会儿要用雪球替代棒球。
别担心了，我敢保证只要开始运动，我们就会暖和起来。
好吧，事实并不是这样。

▶▶本赛季第一次丢脸的失利
我的天哪！你们听说了吗？
没有，我们正在打棒球。
你应该说我们在看别人打棒球。
汉森校长刚刚跟科林的家人说让科林离开学校！
什么?!
为什么？他做了什么？
学校发现圣诞假期的时候他和安迪一起去了夏威夷。
那又怎样？我的意思是，我肯定不会和安迪一起去任何地方，
但是学校也不至于因为这就惩罚科林吧。
是啊，和安迪一起出去玩已经是个不小的惩罚了。
不，不是因为这个！
他竟然花了那么多的钱去度假，学校非常失望，毕竟他是……
是什么?!
对啊，快告诉我们，艾希莉！
不行。你们知道的，我可不是爱传八卦的女孩。

公益服务公告
大家好，我是奥普拉·温弗瑞*，需要你们帮忙解决一个非常严重的问题。
*美国电视节目主持人，口才出众。学校请奥普拉来帮科林募集助学金，这是乔丹想象中的画面。
虽然你们可能没有察觉到，但是学校里发生了一些事。
一些不太好的事！！！
最糟糕的是，对某些同学来说，其中可能牵扯到你们的朋友。
到底是什么事呢？
冰箱

助学金!!!
这是科林，和你们很多人不一样，他的父母没有继承大笔财产。
他的爸爸不是金融界投资人，他的妈妈也没有读过法学院。
但是尽管经济能力有限，他的父母仍然希望给科林最好的。
比如送他来这样的学校。
可是想实现这一切少不了你们的帮助。你们难道不愿意为可爱的科林小朋友每天捐助几美分吗?
愿意！我非常愿意，米歇尔·奥巴马！
奥普拉！
哦耶，我可以去上学啦！
年度助学项目捐款
乔丹·班克斯

第十二章
要求公平！

▶▶两周之后
你妈妈会做墨西哥玉米卷吗，还是说那种东西只有快餐店才有？
安迪，不要再这样说了。
什么?！为什么每个人对每件事都那么敏感?
另外，我根本就没跟你说话，德鲁！
我和雷蒙关系很好的。
别老是自己觉得这没什么，你为什么不问问雷蒙怎么想呢?！
放松点，臭小子，我刚刚只是……

垃圾！说的就是你刚刚的行为！
你就是嫉妒我能上场打棒球，而你和你的朋友只能在边上看着。
你真这么觉得?!
我根本没把棒球当回事！
我真正在意的是，你认为自己可以对别人想说什么就说什么，想做什么就做什么。
而且居然从来没有人阻止你！
你总是看我不顺眼！你以为自己能成为橄榄球队的四分卫是因为什么，那只是因为……
因为什么，安迪?!
你自己知道，自从科林离开了，你对别人比之前还要过分十倍！而且，其实你对他也没有多好！

收回你刚才的话！
凭什么！！

走吧，德鲁！我带你去见汉森校长！
呵，这回您说对我的名字了。
我只是碰了他一下，罗尔老师……他自己滑倒的。
我看得一清二楚！安迪踩到自己的苹果摔倒的。
不是，我没有！是他把我推倒的！！

在那一瞬间，周围的一切都让我觉得太过了！

像我一样的孩子想方设法去融入新环境！太过了！

本该试着去融入的孩子刻意地拒绝融入！太过了！

好孩子被指责做了坏事！太过了！

坏孩子做坏事反而被奖赏！太过了！

哦，还有，我总是觉得自己什么都掌控不了，这种感觉太过了！

现在是时候了！

等一下！！！
罗尔老师，德鲁没有推倒安迪，是安迪先动手的。
当德鲁还手的时候，安迪刚好踩在一个苹果上滑倒了。
同学们，还有谁看见了？
嗯……
RAD

罗尔老师，确实
是这样的……
而且安迪还打坏了
我奶奶的台灯。

我也看见了！
我也是！
是的，罗尔老师，
大家说得没错……
那家伙确实是踩着
苹果滑倒的。

我也看见了。
还有，安迪，我最后一次
告诉你，我不是墨西哥
人！我是尼加拉瓜人！
从幼儿园开始我就
告诉过你无数次！

我相信他们。
我也相信。
好吧……我……
小蝌蚪加
顺便说一句，这位是德安德鲁！
最近好吗，罗尔老师？
我们长得一点都不像！
好吧，德鲁。如果真的像大家说的，那么请你和安迪把这里打扫干净，然后就去上课吧。
好吧。
不过你们两个都被罚去自习室一次。

哥们儿，我很
快就回来。
男盥洗室
呕！！！
乔治
凯瑞
阿米尔
大卫
到此一游
温德尔
比利
克莱夫
托尼

▶▶下午 3:10
（喘气！）我把素描本
放在哪里了？

第十三章

正面交锋

▶▶我因为太惦记素描本，整夜辗转反侧。
双层
培根
三层
芝士
培根
汉堡！
M100

早上好，乔丹，请坐。
嘿！你在干什么?!
那是我的隐私!!!
木棍和石头可能会让我骨折，但至少它们能说对我的名字！
我以前常常觉得如果有人喊我的外号，那就是世上最糟糕的事。
大头！
但是你知道吗？我能忍受“大头”这个外号，因为我的头实际上并不大。
我的头
大头
“臭虫”这个外号我也能忍受，因为我真的不臭。（至少大多数时候不臭！）
或者，还有一种情况，他们也会因为嫉妒而给我取外号。
嘿，聪明头！
喊我别人的名字！这才是最差劲的！
你好，德鲁。
你好，莫里。
这意味着，他们根本不愿意多看你一眼，去发现你有什么值得嘲笑的！

木棍和石头可能会让我骨折，但至少它们能说对我的名字！

我以前常常觉得如果有人喊我的外号，那就是世上最糟糕的事。

但是你知道吗？我能忍受“大头”这个外号，因为我的头实际上并不大。

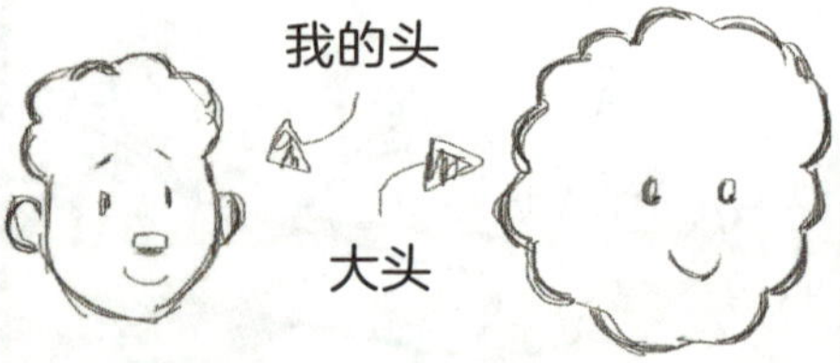

“臭虫”这个外号我也能忍受，因为我真的不臭。（至少大多数时候不臭！）

他们还叫过我“小不点儿”“奥利奥”“浅浅”（因为我的肤色在有色人种中相对较浅），还有其他上千个外号，但我对这些都不太在意。

因为很多时候，这些外号都是那些自己没有安全感的人给我取的，他们想让我和他们一样，感觉自己很糟糕。

或者，还有一种情况，他们也会因为嫉妒而给我取外号。
嘿，聪明头！
但是你知道他们给我取的最差劲的外号是什么吗？
愚蠢的
书呆子
喊我别人的名字！这才是最差劲的！
你好，德鲁。
你好，莫里。
这意味着，他们根本不愿意多看你一眼，去发现你有什么值得嘲笑的！
他们永远记不住我的名字，但是却能记得这些！
我想要双倍浓度摩卡、拿铁、卡布奇诺和意式浓缩！
他们是在告诉我，我根本不值得他们花时间了解，而且我对他们来说是……
毫无价值的！
乔丹·班克斯

昨天那场小闹剧之后，你把这个落在食堂了。
我打开想看看是谁的本子，然后你知道……就看完了。
里面第一页就写着我的名字……
超大字体！
我必须要说，看到这些我真的非常惊讶，乔丹。
我没想到你会……这么气愤！
我当然生气。你没有经过我的同意就翻看我的东西。
不，我的意思是，你为什么对这所学校这么气愤？
对你自己的生活也是这种感觉吗？
您说什么，罗尔老师？

艺术之心
游戏之魂
您在说什么呢？我没有感到气愤，我甚至有点喜欢这里。
我不这么认为。我在这个本子里看到的是对这所学校以及对我的抨击！
（叹气）
搜索
抨击
动词或名词
1. 用言语或评论来攻击某人或某事。
我从没觉得我是在攻击别人，我只是表达一种观点，
就像那种社论漫画一样。
好吧，再说一次，我不这么觉得，乔丹。

如果这些事情真的发生了，怎么能说我是在攻击学校呢？
我的意思是，我没想冒犯您，但您确实总叫错德鲁的名字，
一学年都要过去了……
而且确实有一些同学看不起申请助学金的同学，
还会盯着他们看，
一直这样！
和别人不同并不总是那么容易！

但是乔丹，和别人不同是值得庆幸的，这使你很特别。
我不想自己特别！
做个特别的人简直糟透了！
你和德鲁应该为能在这里读书感到自豪，而且我也为你们自豪。
敞开心胸拥抱学校，学校也会对你们敞开怀抱。
我真心希望你们能快乐，乔丹。

噢，我知道了……这些事情可以发生在我们身上……
但是我们却不可以抱怨。
罗尔老师，我可以问您个问题吗?
可以的，乔丹，你说。
您会愿意去我家那边的学校里当老师吗?
那样的话，您就可以做一个特别的人了。
叮
铃
铃
铃
铃

▶▶无聊的艺术课之续篇。我现在竟然连艺术课都融入不了！
哇，斯莱特老师，这些是谁画的？
我！你是不是以为我画抽象画，是因为画不好别的？
我不想冒犯您，不过我确实那样想过。
哈！我画抽象画是希望能激发我的创意……
去打破界限。
你知道的，乔丹，我们每年都会安排一次去巴黎的艺术之旅，你要争取一起去呀。
我相信参观毕加索博物馆会给你非常大的启发。
不过现在，先尝试下抽象艺术吧。放飞你所有的创意，乔丹。
我不确定那是什么意思，
不过我可以试试。

科林被开除。
遵守规则。
其他同学破坏规则。
可怕的棒球赛季。
傻气的粉色 T 恤。
乔丹，画得太棒了！
真的吗？
当然，这些颜色有些融合得很好，
有些发生了激烈的碰撞，
就像平静的表面下藏着一场风暴。
非常具有你的风格，乔丹！

素描本

第十四章

拉德人

* 闪电、水银、金刚狼、死侍、蝙蝠侠、黑豹都是美国漫威漫画旗下的故事角色。

说到大英雄，可别忘了我的守护神——乔丹·班克斯，保卫宇宙的人！
白天是温和的漫画家，晚上是让人闻风丧胆的大侠。
哈，拜托！别再说这个了。
走吧，到吃午饭的时间了。
说真的，要不是你的话，我可能会被罚停课两周，现在只是罚我去自习室一次。
别忘了乔丹也被罚去自习室呢。
是的。“不能爬到桌子上尖叫”，谁知道会有这样的规定？
乔丹·班克斯可不是谁的玩偶！
玩偶？嗯……
待会儿在餐厅见吧，我还有点事要做。
又要去拯救宇宙吗，蝙蝠侠？
希望是。

嘿，艾希莉，
等一下！
嗨，乔丹。
那个……嗯……想知道为什么亚历山德拉手上总套着玩偶吗？
你的意思是，不仅仅是因为她……很傻？
不，她不傻。答应我别告诉别人，可以吗？
你知道我的，乔丹。
是的，我知道。
悄悄话，悄悄话，悄悄话……
真的?！
就这样，艾希莉开始把她的甜美的八卦牌花粉授予了那许多“花朵”！
暗喻！
我的天哪！鲁比、泰莎、索菲，快听我说！

▶▶第二天
她来了！
你好，亚历山德拉。
你们知道我的名字？
乔丹！
你救了你弟弟，真是太酷了！
当然啦！
什么？！等等，你们怎么……
你真的把你妈妈从失火的大楼里拖了出来吗？
给我们看看你的伤疤。很可怕吗？一定是的！
你真的只有三根手指吗？

嘿，同学们，我也有一个伤疤，有人想看看吗？
不，格雷汉姆！
快点，快给我们看看！
（叹气）
好吧……
就这个？！
我们激动了半天，就为了看这个？！
我的胳膊肘上有个更大的伤疤，你们也没见我每天套着个愚蠢的玩偶吧！
可是……当时这里真的很痛！乔丹告诉你们整件事的经过了吗？

你躲在这儿呢，
乔丹！
啊哦！
我之前跟你说你可以把我的事告诉一个人，我指的是德鲁或者利亚姆。
没想到你竟然告诉了艾希莉，因为你知道她会告诉所有人的！！！真够狡猾的！
一开始我非常生气，真想揍你一顿……
嗯……
我想学校应该有“不准使用暴力”的规定。
不过后来我意识到你这么做是想帮助我……
我想给你一个拥抱。
我非常确定这里也有“不许拥抱”的规定。
那么我就说句谢谢好了，
如果这里没有“不许感谢”的规定的话。
啊，没有。

▶▶接下来的几周我都感觉昏昏沉沉的：为了各门课的期末考试而学习，参加考试，继续学习，又参加考试……我终于熬到了最后一天!!!
我的天哪，乔丹，这是你吗?!
不会吧!
嗒嗒嗒!
哇，你的连帽衫呢?
这是我送你的那条短裤吗?
是的！不过别那么兴奋，我只穿一次!!!
我一定要把这张照片发出去!
乔丹，等你拍完……
我可以跟你聊几句吗?

你好，斯莱特老师，一切都还好吗？
是的，很好。我就是想把这个送给你。
哇，《拉德年鉴》——等等，这是我的画吗？
R
没错。希望你不要介意，我想给你个惊喜。
我还要感谢你选择了我的课。我知道这门课并不像你所期待的那样。
对，不过结果证明当初的选择是正确的。
去找你的朋友吧。暑假愉快。
对了，别忘了我跟你说的巴黎之旅。
我不会忘。谢谢。

快看，封面上是我的画。
真的?！太酷了！
是啊，祝贺你！
我们也要去拿我们的。
很快回来。
也许这一切真的挺好的。

嘿，乔丹，要给我的年鉴签名吗？
艾希莉告诉我封面是你的作品。
等等，她怎么……
不管了。当然可以，我希望你也在我的年鉴上签名。
鲁比！噜噜噜！好能吃！！
哼！我肯定不会想念他！
不过我会想念你的。我真的很高兴你来这里读书，乔丹。
哇，谢谢。
我猜我们九月份还会再见的。
我相信会的。
再次祝贺你的画被选作了年鉴的封面。真没想到你还能画出这样的东西。
我也没想到。

*白虎是系列漫画《白虎》中的英雄角色，白虎家族拥有充满神秘力量的白虎护身符。

再次感谢你所做的一切，乔丹。
你能来这里上学，我真的很开心。
你开玩笑吗？应该是我感谢你！
那个……嗯……我们全家每年暑假都会出门旅行，他们说我可以邀请一个朋友一起去。
还没决定去哪里，不过如果你愿意……
不许因为这个对我做出任何评价！
哥们儿，我很想评价你！
你只要确保到时候你姐姐克莉丝汀不会缠着我说个不停！

当我们第一天接你来学校的时候……
我认为我和你没有任何共同之处。
那时候我觉得你像《龙珠》里的悟空！
再见，乔丹。再见，利亚姆。暑假愉快。
你也是，莫里。
我得赶紧走了，要去机场接我爸爸。
你是个超棒的向导。
那是因为你对我特别好！
你是个超棒的朋友，乔丹。
别评价我！
去找德鲁了，再见！
再见，利亚姆！
猜猜这是什么，乔丹？我妈妈在网上找到了红薯派的做法……
没有你爸爸做的好吃，但是我带了两块给你和德鲁尝尝。
RAD

* 瓦坎达是漫画中虚构的非洲国家。

那么，德鲁，我猜下学期还能见到你？
我的意思是，毕竟你在这儿有个会做红薯派的女朋友了？
说什么呢，哥们儿！我不知道。
我得跟奶奶商量一下。
嗯……这个红薯派味道真不错。
一方面，我感觉这一年学到了很多，这也是我来这儿上学的原因……
但是另一方面，虽然每个学期我都在优秀学生的名单里，但还是险些被罚停课。
我不确定我可以不再把这些问题当回事儿。

不过，我奶奶是非常传统的，她希望我可以坚持到底。
她常说：“世界就是这个样子。”
所以我应该会继续被困在这里。
嘿，朋友们！
送给你，乔丹，我希望你能收留奥斯卡。
哇，谢谢，亚历山德拉。
我再也不需要玩偶了，至少不需要再套在手上了，这多亏了你。
不过，我还是会穿长袖衣服，我还需要一点时间。
我会想念你的。
看起来，不止我一个人有女朋友呀！
说什么呢！
哥们儿，谢谢你做的每一件事。如果没有你，我不觉得我能挺过这一年。
彼此彼此！你该不会想要拥抱我吧？
不，我为什么要……哎呀，不说了……
你在这儿等一下，我去叔叔的车上拿个东西。

谢谢，娇丹！
我是说，乔丹。
暑假愉快。
下学期见，
哥们儿。

我们过些时候再好好聊聊，我保证。
给我一两天的时间，让我把这里留给我的阴影清理掉。
给你，这是礼物，谢谢你这一年对我的帮助。
给我的？哇……太棒了。只是我……（叹气）……
你没事吧，哥们儿？乔丹？你怎么了？
德鲁，我有个秘密要告诉你。
靠近点。

哇哦！
这是什么?!哥们儿！你比亚历山德拉还要亚历山德拉！
再见，“达鲁”！
再见，“乔兰”！
嘿，乔丹！
嘿，爸爸。

妈妈?！ 你怎么在这里?
这是我的宝贝儿
本学年的最后一天，
我当然要来接你啦！
什么?
你看起来真是长大
了，宝贝儿。这短
裤，这颜色……
你竟然都没穿
连帽衫。
这个短裤是开玩
笑才穿的……
别担心……
而且天气足够
暖和，不需要
穿连帽衫啦。
不只是衣服不
同了……你妈
妈说得没错，
你看起来整个
人都不一样了。
也许是你的肢体
语言不太一样了。
不管是什么改变了，
你的确看起来是个
全新的孩子。
你们知道吗，我也
有点觉得自己像是
一个全新的孩子。

并不是说我们不喜欢之前的你……
我知道，妈妈。
你拿的是什么啊，乔丹？
德鲁给的礼物。
他对你真不错。
南区的穷街陋巷
柯尔文 著
畅销书《神奇的魔法》作者全新力作

嘿，教练。
嗨，班克斯太太。
嗨，乔丹，
我们去打球，
一起吗？
我可以去吗，
妈妈？
当然了，宝贝儿。玩得开心。
哥们儿，你穿的是粉色短裤吗？
不，这不是粉色，这是……
（叹气）是……这是粉色！
我书包里有条备用的裤子。
太棒了，谢谢，肯尼！
不，哥们儿，要谢谢你！

我爷爷说，朋友就像是自行车的辅助轮，他们总是会防止你摔倒。
这是暗喻，是一种修辞手法，我在英文课上学到的。

事实上，乔丹，你刚刚的比喻是明喻。
是的，行了，“私立学校”，每个人都知道的！

献给我的家人——杰伊、阿伦、奥捷，
谢谢你们让我成为更好的人。

感谢我的经纪人朱迪·汉森，
我的编辑、哈勃柯林斯出版社的安德鲁·埃利奥普洛斯、罗斯玛丽·布罗斯曼以及他们整个团队，感谢你们接纳我的想法。

感谢玛瓦·艾伦、帕姆·阿林、德布拉·拉库·多尔夫曼、大卫·塞勒、安德烈亚·戴维斯·平克尼和安德烈亚·科尔文，
感谢你们不断给我灵感。

特别感谢本书的调色师吉姆·卡拉汉，还有
杰奎琳·伍德森、杰夫·金尼、夸梅·亚历山大，
你们的话语激励着我的创作。

最后同样重要的是，感谢芭芭拉·斯莱特、
吉姆·基夫、雷·比林斯利、米希多·库昂巴、
艾瑞克·维拉斯克斯、丹尼·艾和珍妮弗·克鲁特，
谢谢你们使我成为更好的艺术家。